暗殺教室
あんさつきょうしつ

殺たん
ころ

売りに出すなら儲けた額の80％を先生に納めることで手を打ちましょう

先生が作った英単語帳に私を描いたのは

素晴らしい出来ですね

暗殺教室
A
殺たん
松井優征
小説：久麻當郎
英語監修：阿部幸大
JUMP j BOOKS

Message From Koro-Teacher
殺せんせーメッセージ

このたびは、暗殺教室単語帳「殺たん」を
お買い上げいただきありがとうございます！

この本の役立て方は自由です。

徹底して単語を覚えるもよし、

細かく書いてある単語や

熟語を雑学として覚えるもよし、

 寝っ転がって、イラストや小説を楽しむもよし。

受験のお守り代わりに

カバンの中なんかに忍ばせてもらえたら

最高ですねぇ……

学生のみなさんは、ぜひこれで成績を上げて、

「暗殺教室を読んだら
　頭も良くなった！」と
お母さんに胸を張って言ってあげて下さい！

いえ……決して単行本の売上げをアップして
先生がキャラクター収入を得ようとか、
そんな不埒な狙いが
あるわけではないのです……

担任 殺せんせー

KOROTAN Index
殺たん 目次

| Intro | 殺せんせーメッセージ | 006 |

小説
プロローグ ……………………………………………………………………………………010

Chapter1 第 1 章 基礎 1 … 011

小説
スペルミスの月曜日 …………012

殺たんの使い方 ほか …………020

特別授業
基本的な名詞 …………………022

特別授業
身体の部位の英単語 …………026

英単語 ………………………………028

3-E特別授業
赤羽業の挑発英語 ……………050

3-E特別授業
岡島くんのエロく聞こえる英単語 ……052

Chapter2 第 2 章 基礎 2 … 053

小説
火曜日の休み時間 ……………054

特別授業
基本的な形容詞 ………………062

特別授業
家族をあらわす英単語 ………064

特別授業
時をあらわす英単語 …………065

英単語 ………………………………066

3-E特別授業
ビッチ先生の口説き方講座 …………080

3-E特別授業
ギャル番長 中村莉桜の
"男子を殺ッと落とす"英語術 ………083

3-E特別授業
磯貝くんの英単語殺合わせ …………084

Chapter3 第 3 章 基礎 3 … 085

小説
水曜日の賭け …………………086

特別授業
基本的な動詞 …………………094

特別授業
スポーツ・色 …………………098

英単語 ………………………………100

3-E特別授業
竹林くんのメイド喫茶で英会話 ……114

3-E特別授業
自律思考固定砲台のあいさつ英語 …116

Chapter4 第 4 章 中級 1 … 117

小説
先生達が張りきる木曜日 ……118

特別授業
副詞・前置詞・接続詞 ………126

英単語 ………………………………128

3-E特別授業
潮田渚の間違えやすい英単語 ………148

| Chapter5 | 第 5 章 | 中 級 2 | 149 |

小説
- 金曜日の課外授業 …………………… 150
- 英単語 …………………………………… 158

3-E特別授業
- 茅野カエデのスウィーツ英単語 …… 174

3-A特別授業
- 浅野学秀の帝王のための名言・格言 … 176

| Chapter6 | 第 6 章 | 上 級 1 | 177 |

小説
- 土曜日はメイド喫茶で ………………… 178
- 英単語 …………………………………… 186

3-E特別授業
- 殺せんせーの世界の食!トラベル航路 … 204

3-E特別授業
- 杉野くんが教える空耳英語 ………… 206

| Chapter7 | 第 7 章 | 上 級 2 | 207 |

小説
- 日曜日の過ごし方 ……………………… 208
- 英単語 …………………………………… 216

3-E特別授業
- 倉橋さんの教える動物の名前 ……… 232

3-E特別授業
- 烏間先生の暗殺英単語 ……………… 234

| Chapter8 | 第 8 章 | 上 級 3 | 235 |

- 英単語 …………………………………… 236

小説
- 締めくくりの月曜日 …………………… 252

| Special | 殺 た ん 修 了 試 験 | 261 |

- 問題&設問 ……………………………………………………… 262
- 解答&結果 ……………………………………………………… 264
- 描き下ろしマンガ ……………………………………………… 266

0. プロローグ

渚は答案にある×を数えている。

——あちゃー……。

6時間目の終わりに、英語の宿題が返ってきた。

昨日の出来事について英語で簡単に書く

という課題だったのだが、

内容は褒められていたのに×が4つもつけられていた。

どれもスペルミスだった。

——やっちゃった——

渚の答案には殺せんせーの分身であるタコが

触手を交差させているタコバツが書かれていた。

「スペルミス、ダメ。ゼッタイ！」

ため息をついて渚は答案から目を逸らした。

CHAPTER 1
第1章　基礎1
basic1

まずは基礎から！
First comes the basics!

計画立てて殺っていこー！
Let's kill following the plans that we made!

1. スペルミスの月曜日
Spelling mistakes of Monday

1. スペルミスの月曜日

「来ないのか、前原?」

3年E組の放課後は、訓練から始まる。希望者だけが参加する、烏間先生の特訓だ。ジャージに着替えた生徒たちが校庭に出て行く中、磯貝が前原に聞いた。

「まあ、ちょっと用があってな」

「用って、また女子とデートだろ? トラブったりするなよ」

「恋にトラブルはつきものだって。じゃーな」

足早に去っていく前原を見て、磯貝はぼやいた。

「ほんと懲りないなあ、あいつ。渚、先行ってるぞ」

磯貝は1人教室に残っていた渚に声をかけた。

「う、うん」

「どうかした?」

「なんでもない。すぐ行くよ」
「早く来いよ。遅いと先に始まっちゃうぞ」
　そう言い残して磯貝が教室を出て行くと、渚は机からさっき返ってきた紙を出して開いた。
　──4つもスペルミスやらかすなんて……うう。
「どうしたんです、ため息をついて」
「わあっ！」
　目の前に突然殺せんせーが現れ、渚は椅子を倒してしまった。
「どうしたの、いきなり？」
「職員室でため息を聞きつけて飛んできました」
「ええっ、耳ないくせに、どんなスゴ耳！」
「渚君、さすがに今回のミスではへこんでいるようですね。けれど、君に落ちこんでいるひまはありませんよ」
　殺せんせーは冊子を差し出した。
「この一週間を、英単語強化週間にしましょう」

　その手製の冊子には『殺たん』と書いてある。
「殺たん……？」
「『3-Eの生徒たちを見るに見かねた殺せんせーが愛をこめてマッハ20で3時間もかけて作った単語帳／これさえマスターすればA組に勝てる必勝法』、略して『殺たん』ですよ」
「よかったー、修学旅行のしおりみたいに分厚くなくって。っていうか、タイトル長っ！」
「甘くみてはいけません。この単語帳には君の間違えそうな単語が詰まってます。一週間後、テストをやりますから、しっかり暗記してください」
「え」
　渚は暗い顔になった。
「基礎体力がないと、いくらナイフや銃の訓練を積んでも無駄なのと同じように、英単語をしっかり身につけないとA組に勝てませんよ。さあ、英語の基礎体力

をつけましょう」

「はい……」

　渚が顔を上げた時には、もう殺せんせーはおらず、受け取った『殺たん』だけが残されていた。

「今日は杭渡(くい)りからはじめるぞーっ」

　校庭から烏間先生の声が聞こえてきた。

　――始まっちゃった。行かなきゃ――

　渚は殺せんせーから渡された単語帳を机に置いて、着替えを急いだ。ジャージ姿になった渚は、教室を出ようとして扉を引いたが、振り返って机の上の単語帳をもう1回見た。

　――一週間か……できるかなあ――

「寺坂(てらさか)さぁ、いつまで意地張ってんだよ」

　山を下りる道の途中で、村松(むらまつ)が寺坂に声をかけた。

「はぁ？　意地なんか張ってねぇよ」

「だったらヌルヌル補習受けりゃいいじゃん。成績上がるぜ」

　村松がニヤニヤしているのを見て、寺坂はだんだん腹が立ってきた。

「うぜぇんだよ、ヌルヌル信者が」

「寺坂はよぉ、肩に力入り過ぎなんだよ。暗殺したいんだったら、暗殺標的ともうちょっと仲良くして近づいたほうがいいんじゃねえの？」

「ケッ」

　吉田の言葉が気に入らず、寺坂は道に転がっている石を蹴とばした。石は坂を転がり落ちる前に、触手に受け止められた。

「寺坂君、ご機嫌ナナメですねぇ」

「な、なんだよ！」

　目の前に現れた殺せんせーに驚く寺坂。

「ハハ、噂をしてたらホントに現れやがったよ」

村松と吉田は驚きつつもウケている。
「なんか用かよ」
　寺坂は邪険な態度を取った。
「君にプレゼントです」
「プレゼント……？」
　殺せんせーの触手が差し出しているものをまじまじと見た。包み紙には、殺せんせーのタコバツが描かれている。
「なんだ？　これ、さっきの宿題のコピーかよ」
　寺坂はぶつぶつ言いながら包み紙を開けた。
「……んだよ、英単語帳じゃねえかよ！」
「ヌルフフフ、ただの単語帳ではありません。殺せんせー特製の『殺たん』です。これをマスターして、君の苦手科目をひとつ減らそうじゃありませんか」
「おれはやりたかねぇんだよ」
「――『歩みという字は、『少し止まる』と書く』――」

「な、なんだよ、いきなり」

「だから、君はいま少し止まっていたとしても、歩み続けているんですよ」

　──超うぜぇ。

　寺坂はさらにイラっとした。

「それ、『金八先生』のセリフじゃなかったっけ？」

「その通り！　吉田君、古いドラマをよく知ってますねぇ」

　妙に盛り上がる吉田と殺せんせーに、寺坂は舌打ちした。

　──ちっくしょう、いつかタコ焼きにしてやるからな。

殺たんの使い方
How to use KOROTAN

この本は、E組の英語力強化のために先生が作った本です。大きく分けて、E組の皆さんを描いた小説、そして本物の英単語帳で構成し、E組の生徒たちによる特別授業や修了試験なども収録していますよ。さぁ、楽しく勉強をしていきましょう。

英単語帳
中学・高校で習う英語を網羅しています。覚えておきたい重要語ばかりですねぇ。

小説
ケアレスミスをしがちな渚君たちの物語です。3-Eのみんなと一緒に小説で英語を勉強しましょう。

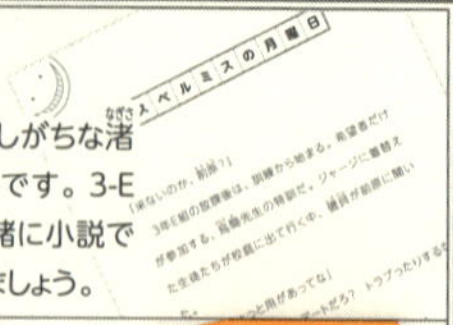

袋とじ
英単語を覚えたら、先生が出す修了試験を受けてみましょう。解答付きですから、安心ですよ!

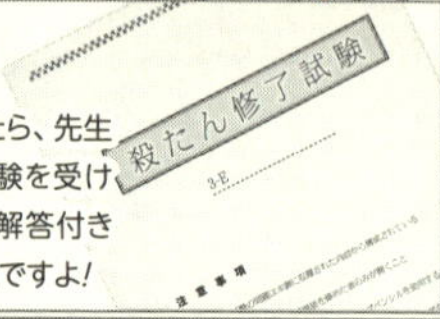

赤ころシート
英単語を覚える時に使ってください。これを使うと、覚えてほしい文字が消えますからねぇ。

殺たんの難易度
Each chapter's level of KOROTAN

収録している英単語は、中学校を卒業するまでに習う必修英単語から高等学校で習う英単語までで、特別授業などには、さらなる英単語も用意していますよ。そして、英単語は章ごとで難易度を設定してみました。下の表を参考にしてください。

英単語帳の難易度

1章	最初に覚えたい、基礎の英単語。3-Eで言うと、まだ登校途中のレベル。
2章	次に覚えたい基礎の英単語。3-Eで言うと、朝のHRが始まったレベル。
3章	ここで基礎固め。3-Eで言うと、お昼前なのに早弁が見つかるレベル。
4章	中級レベル。3-Eで言うと、昼休みの暗殺バドミントンで勝利できるレベル。
5章	中級レベルの仕上げ。3-Eで言うと、ビッチ先生のDキスをかわすレベル。
6章	上級レベルに突入。3-Eで言うと、五英傑をパシリに使えるレベル。
7章	さらなる上級レベル。3-Eで言うと、烏間先生とタイマンを張るレベル。
8章	ここまで覚えれば完璧!3-Eなら殺せんせーをピンチに追いこむレベル。

英単語帳の見方
A guide to KOROTAN's Word List

英単語は全部で1000語以上収録しました。一般の単語帳とは違い、章ごとに難易度を設定しましたので、ひとつの章の中で同じ難易度の英単語が学べるようになったわけです。難易度の詳細についてはP20「殺たんの難易度」を参照してください。

example ～例～

❷ 名詞 — 他動詞 — — 予定、スケジュール ❸ を予定する
用例 on/ahead of/behind schedule ❹
予定通り／より早い／遅い

❶ schedule

[skédʒuːl]

"Nice to meet you. I'm the very man who blew up the ❻ moon, and I'm also **scheduled** to blow up Earth next year. Seeing as I've become your homeroom teacher, I look forward teaching you all."

❶ 見出し語
見出し語はここで解説する英単語を示します。見出し語の下には発音記号を記載していますので発音も覚えましょう。

❷ 単語の種類
名詞 自動詞 他動詞 形容詞 副詞 接続詞 前置詞

単語を名詞、自動詞、他動詞、形容詞、副詞などの品詞に分類し、該当するタブを表示しています。
さらに、他動詞の意味には必ず「～を」などの助詞を入れました。自動詞の場合には、その自動詞と結びつきやすい前置詞を使った用例や例文を配して、その前置詞が赤字になっていますよ。
複数の品詞を含む英単語では、「／」で区切りました。

❸ 日本語訳
覚えて欲しい日本語訳、あと、一般的に使われやすい日本語訳を順番に書いておきました。品詞の順番になっているわけではありません。

❹ 解説
用例 例文 参考 注意 派生語 類義語 反意語

英単語について詳しく説明しましょう。
「用例」・「例文」ではその英単語の使い方を、「派生語」・「参考」・「類義語」・「反意語」ではその英単語の成り立ちのヒントや一緒に覚えてほしい英単語を、そして「注意」では先生からのアドバイスを書いておきました。
覚えてほしい単語は赤字になっていますよ。
「用例」内の[ ]は"直前の単語との入れ替えが可能"ということですよ。

❺ イラスト
見出し語の日本語訳が使われている出来事・シーンを想い出して絵にしてみました。

❻ ❺のイラスト内のセリフの英文です。

次のページでは、まずは肩慣らしならぬ脳慣らしです。
基本的な英単語から学習していきましょう！

特別授業 Special Lesson
基本的な名詞

特別授業は基本的な英単語を学んでいく授業です。まずは、ウォームアップとして名詞から。ヌルフフフ、数はたくさんありますが、基本的な英単語ですよ。

animal	動物		chair	椅子
baby	赤ちゃん		chicken	ニワトリ
bag	かばん		child	子供
ball	玉		church	教会
bar	棒		city	都市
bathroom	浴室		class	クラス
bed	ベッド		clock	時計
beer	ビール		cloud	雲
bicycle	自転車		club	棍棒、クラブ
bird	鳥		coach	指導者
boat	ボート		coat	コート、上着
body	からだ		coffee	コーヒー
book	本		color	色
box	箱		country	国
boy	男の子		cup	カップ
bridge	橋		desk	机
bus	バス		dinner	夕食
camera	カメラ		doctor	医師
camp	キャンプ		dog	犬
car	自動車		dollar	ドル
card	カード		door	ドア

dress	服、ドレス		horse	馬
dream	夢		hospital	病院
egg	卵		hotel	ホテル
end	終わり		house	家
event	出来事、事件		ice	氷
example	例		image	像、画像
fire	炎		key	カギ
fish	魚		kick	蹴り
floor	床、階		kid	子供
flower	花		king	王
food	食物		kitchen	台所
forest	森林		lady	女性
front	前部		land	陸、陸地
fruit	果物		language	言語
game	ゲーム、獲物		lesson	学課、授業
garden	庭		letter	手紙、文字
gas	気体		library	図書館
gift	贈り物、才能		life	命、生活、人生
glass	ガラス		light	光
god	神		line	ひも、線
hair	髪		list	一覧表
hat	帽子		lot	くじ、たくさん
hell	地獄		lunch	昼食
high school	高等学校		machine	機械
history	歴史		mail	郵便
home	自宅		man	男
homework	宿題		map	地図

member	一員、仲間		office	事務所
metal	金属		oil	油
meter	メートル		other	ほかのもの
mile	マイル		outside	外部、外側
model	模型、モデル		page	ページ
money	金		paper	紙
moon	月		park	公園
			party	パーティー、会
			people	人々
			phone	電話
			photo	写真
			photograph	写真
			picture	絵、写真
			place	場所
			plan	計画、案
			plane	飛行機
			point	先端、点
			police	警察
mountain	山		pool	水たまり、プール
movie	映画		pride	誇り、プライド
music	音楽		program	プログラム、計画
museum	博物館、美術館		question	問い、問題
name	名前		radio	ラジオ
news	ニュース、消息		restaurant	レストラン
newspaper	新聞		rice	米
note	ノート		ring	指輪
number	数		river	川

road	道		technology	科学技術
rock	岩		telephone	電話
room	部屋		television	テレビジョン
school	学校		test	試験
screen	ついたて、スクリーン		theater	劇場
sea	海		thing	物、事柄
season	季節		ticket	切符、入場券
shoe	靴		time	時、時間
shop	商店、小売店		title	表題、題名
size	大きさ、規模		tobacco	タバコ
sky	空		top	頂上
smile	微笑み		town	町
smoke	煙		tree	木
song	歌		village	村
speech	演説、スピーチ		water	水
speed	速さ		weather	天気
spirit	魂		web	網
star	星		wedding	結婚式
station	駅		week	週
step	歩み、階段		weekend	週末
stone	石		wind	風
story	物語、階		window	窓
student	学生、生徒		wine	ワイン
sun	太陽		woman	女
table	テーブル		word	語、単語
teacher	せんせー		world	世界
team	チーム、組		year	年

特別授業 Special Lesson
身体の部位の英単語

基本的な英単語、続いては、みなさんの身体の部位の名前、そしてその英単語です。分かりやすいように、先生と渚君の身体の絵を使って学んでいきましょう。

Human：人間

- **nose**：鼻
- **ear**：耳
- **tongue**：舌
- **tooth**：歯
- **face**：顔
- **neck**：首
- **elbow**：ひじ
- **arm**：腕
- **wrist**：手首
- **finger**：指
- **hip**：尻
- **knee**：ひざ
- **foot**：足

- **eye**：目
- **lip**：唇
- **mouth**：口
- **head**：頭
- **throat**：のど
- **shoulder**：肩
- **heart**：心臓
- **hand**：手
- **leg**：脚
- **ankle**：足首
- **toe**：足指

face variations：顔の変化

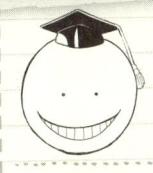

【感情】
neutral：普通

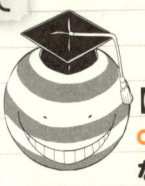

【感情】
contemptuous：なめてる

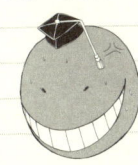

【感情】
anger：怒り

真っ黒
ド怒りだ

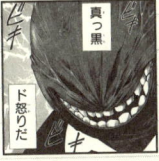

【感情】
rage：ド怒り

Koro-Teacher：殺せんせー

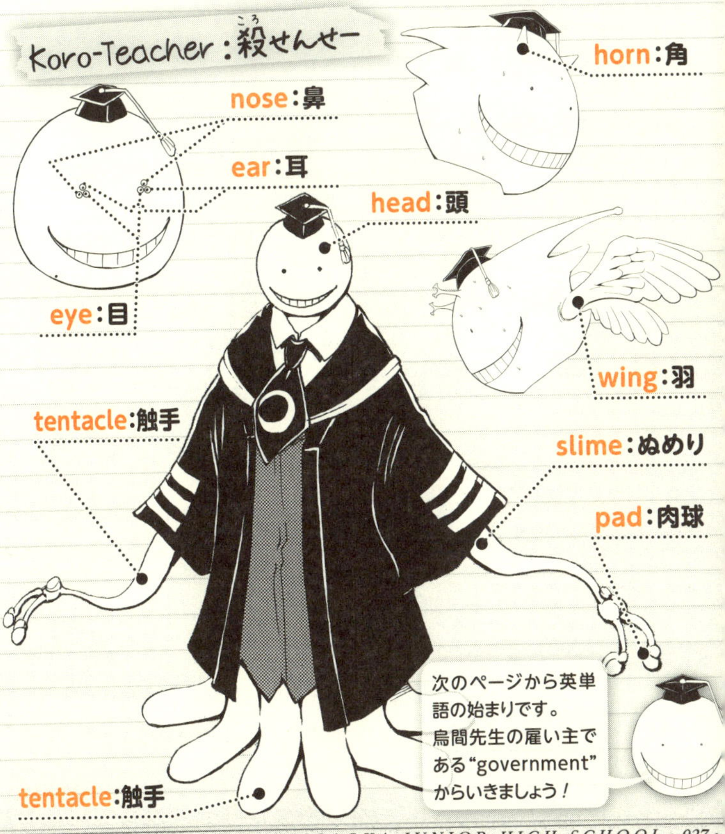
horn：角
nose：鼻
ear：耳
head：頭
eye：目
wing：羽
tentacle：触手
slime：ぬめり
pad：肉球
tentacle：触手
次のページから英単語の始まりです。烏間先生の雇い主である“government”からいきましょう！

government
[gʌ́və(n)mənt, -vəm-]

名詞

政府

派生語 govern：を統治する
派生語 governer：知事、理事、頭取など

matter
[mǽṭɚ]

名詞 自動詞

問題／重要である

例文 The matter needs to be resolved quickly.
この問題は早急に解決されねばならない

例文 What's the matter with you?
どうしたんだ？

例文 Your age doesn't matter.
年齢は問題じゃありません

"Facing all of you seriously...
is a more important **matter** than
the end of the world."

busy
[bízi]

形容詞

忙しい

例文 Recently we're just too busy to kill our teacher.
最近は忙しすぎてせんせーを殺すどころではない

派生語 business：職業、仕事

force
[fˈɔːs]

名詞 他動詞

軍隊、武力、力／(人)に強いる

用例 by force：武力で、力ずくで
例文 He was forced to go down to the 3-E.
彼は3年E組へ下ることを余儀なくされた

provide
[prəvάɪd]

他動詞

を提供する、をもたらす

用例 provide 人 with 物
= provide 物 for 人：人に物を提供する

自動詞用法ですが
"provide for：を養う"も
憶えておきましょう

compare
[kəmpéɚ]

他動詞

を比較する、をたとえる

用例 compare A with B：AをBと比べる
用例 compare life to a voyage
人生を航海になぞらえる

派生語 comparison：比較

hang
[hǽŋ]

— 自動詞 他動詞 **—** **—**
ぶら下がる／(壁などに物)をかける
例文 Hang on tight to the rope!
ロープにしっかりつかまれ！
用例 hang around：(そこらを)ぶらつく

professional
[prəféʃ(ə)nəl]

— **—** **—** 形容詞 **—**
専門職の、仕事上の
用例 professional contacts：仕事上の人脈
用例 professional advice：専門家の助言
派生語 professor：教授

trade
[tréid]

名詞 自動詞 他動詞 **—** **—**
貿易、～業／(を)取引する、を交換する
用例 international trade：国際貿易
用例 the book/tourist trade
出版業／観光業

direction
[dərékʃən, dai-]

名詞 **—** **—** **—** **—**
方角、方向
用例 in the opposite direction：反対方向に
派生語 direct：直接の　directly：直接に

choice
[tʃɔ́is]

名詞 **—** **—** **—** **—**
選択(の権利)
例文 I had no choice but to agree.
同意するしか選択の余地がなかった
派生語 choose：(を)選ぶ

experience
[ɪkspí(ə)riəns, eks-]

名詞 **—** 他動詞 **—** **—**
経験／(悲しみ・苦しみ)を経験する
用例 lack of experience：経験不足

difficult
[dífikʌ̀lt, -kəlt]

— **—** **—** 形容詞 **—**
難しい
例文 The test was very difficult/hard.
テストはもの凄く難しかった
派生語 difficulty：困難(さ)

(日常においては"hard"をよく使いますね)

culture
名詞　文化
[kʌ́ltʃə]
派生語 cultural：文化の

problem
名詞　問題
[prɑ́bləm, -lem]

"These aren't 'problems' anymore, they are 'monsters.'"

consider
他動詞　をじっくり考える、と思う、を考慮にいれる
[kənsídə]
例文 I consider myself a reasonable person.
自分は道理をわきまえた人物だと思う
用例 Considering that：〜ということを考慮すれば
派生語 consideration：熟考　considerable：相当な、かなりの

wall
名詞　壁
[wɔ́ːl]
用例 off the wall：突飛な

earth
名詞　地球、土、地面
[ə́ːθ]
用例 a lump of earth：土の塊

support
名詞　他動詞　を支持する、を援助する、を養う／支持
[səpɔ́ːt]
用例 He supports the idea that
〜という考えを支持している
派生語 supporter：支持者

名詞 — — — —	コミュニケーション、意思の疎通
communication [kəmjùːnəkéɪʃən]	用例 be in communication with : 〜と連絡している
	派生語 communicate：連絡しあう、（情報）を伝達する

名詞 自動詞 他動詞 — —	順序、秩序、命令、注文／(を)注文する、を命じる
order [ɔ́ːdə]	用例 put A in order：A を順序どおりに並べ替える（⇔ out of order）
	用例 give/issue an order：命令を出す
	用例 keep/maintain order：秩序を保つ

— — — 形容詞	そのような、とても〜な
such [sʌ́tʃ]	例文 Don't be such a chicken! そんなにビビるな！
	例文 They are such able people. 彼らは非常に優秀です

冠詞や形容詞と一緒に使う時の"語順"に気をつけましょう

— — — — 副詞	ほとんど
almost [ɔ́ːlmoʊst]	注意 almost は副詞、形容詞「ほとんどの」は most です。したがって「ほとんどの人」は almost people ではなく most people になるわけですね

名詞 — — 形容詞 —	両方の／両方
both [bóʊθ]	例文 I don't need both books. 2冊両方は要らない（1冊でいい）
	例文 Both movies were dull. 映画は2本ともつまらなかった

上の例文は部分否定といいます

— — 他動詞 — —	(新しいもの)を創り出す、を創造する
create [kriéɪt, kríːeɪt]	類義語 creation：創造
	類義語 creative：創造的な、クリエイティブな

名詞 — 他動詞 — —	対策、程度、測定、基準／を測る、を評価する
measure [méʒə]	用例 measures are being taken 対策が講じられている
	用例 beyond measure：極度に

名詞 — — 形容詞 — 個々の／個人

individual
[ìndəvídʒuəl, -dʒʊl]

用例 the rights of the individual
個人の権利

名詞 自動詞 他動詞 — — 増える／を増やす／増加

increase
名詞：[ínkriːss]
動詞：[inkríːs]

派生語 increasingly：ますます
反意語 decrease

> 名詞の時と動詞の時でアクセントが変わりますよ

名詞 — — — — 関係

relation
[rıléıʃən]

派生語 relate：関係がある（前置詞 to）、
派生語 relationship：関係

— 自動詞 他動詞 — — のあとについていく、（出来事）の次に続く、に従う

follow
[fálou]

用例 the years following the World War I
第一次世界大戦後の歳月
例文 Every student must follow this rule in my school.
我が校では全員がこの規則に従わねばならない

名詞 — — — — ひと切れ、部品、(a piece of で) 一つの

piece
[píːs]

用例 two pieces of furniture：家具2点
例文 That's a piece of cake.
そんなの朝飯前だ

名詞 — — — — 平和、平穏

peace
[píːs]

例文 Killing our teacher leads to world peace.
せんせーを殺すことは世界平和につながる
注意 piece：ひと切れ

名詞 — 他動詞 — — 感覚、思慮、意味／を感じる

sense
[séns]

用例 a sense of humor：ユーモアのセンス
派生語 sensitive：気配りのできる、傷つきやすい
敏感な
派生語 sensible：分別のある

last
[lǽst] 多義語

名詞 自動詞 — 形容詞 副詞　**前回の、最後の／最後の人・物／続く／この前**

例文 How long does the show last?
ショーの上演時間はどのくらい？

用例 at last：ついに、ようやく

"...So the important part is the **last** shooting to kill. Accurate timing and precise aim are essential."

science
[sáɪəns]

名詞 — — — —　**科学、学問**

用例 science fiction：SF 小説
派生語 scientific：科学の　scientist：科学者

court
[kˈɔːt]

名詞 — — — —　**裁判所、宮廷、(テニスなどの) コート**

用例 in court：法廷内で　(この場合無冠詞)
用例 the French court：フランス宮廷

rest
[rést]

— 自動詞 他動詞 — —　**休む／を (～に) のせる**

例文 He rested his head on my shoulder.
彼は頭を私の肩にのせた

certain
[sˈəːtn]

— — — 形容詞 —　**確信している、ある、一定の**

用例 It is certain that
～ということは間違いない

用例 at a certain hour：ある (決められた) 時刻に
派生語 certainly：(文修飾で) 確かに、きっと

department
[dɪpάːtmənt]

名詞 — — — —　**(大学の) 学科、(行政の) 省、(企業の) 部門**

用例 the marketing department
マーケティング部

expect 他動詞 — を予期する、を期待する
[ɪkspékt, eks-]

例文 I don't expect her to be home yet.
彼女はまだ帰ってないと思う

suggest 他動詞 — を提案する
[sə(g)dʒést]

例文 I suggest (that) we (should) take a break.
休憩にしませんか

"suggest to do" という言い方はできませんよ

派生語 suggestion：提案

idea 名詞 — アイディア
[aɪdíːə]

例文 I have no idea.
ぜんぜんわからない

派生語 ideal：理想的な

remember 自動詞 他動詞 — (を) 覚えている、(を) 思い出す、(を) 忘れない
[rɪmémbɚ]

例文 I remember the time when you only had two arms.
君の腕が二本だったときのことを覚えている

注意 remember to do：忘れず〜する
remember doing：〜したのを覚えている

forget 自動詞 他動詞 — (を) 忘れる
[fɚɡét]

注意 forget to do：〜し忘れる
forget doing：〜したことを忘れる

patient 名詞 形容詞 — 患者／我慢強い
[péɪʃənt]

用例 patient with others：他人に寛容
派生語 patience：忍耐力

nation 名詞 — 国家、(the nation で) 国民
[néɪʃən]

例文 The president will speak to the nation.
大統領は国民に話すことになっている

派生語 national：全国的な、国内の
派生語 nationality：国籍

「国民」の意味での "the nation" は常に単数扱いですよ

prepare
[prɪpéɚ]

自動詞 他動詞　（を）準備する

派生語 preparation：準備、調理

"However, she has skill to complete her **preparations** in a single day, and there's no denying that she's a top-class hit woman."

air
[éɚ]

名詞　空気、空中、曲、雰囲気

参考 形容詞的に用いて「飛行機の」
用例 air traffic：航空交通

art
[ɑ́ɚt]

名詞　芸術（作品）、美術、技術

用例 the art of the novel：小説の技法
派生語 artificial：人工的な

since
[síns]

接続詞 副詞　～して以来、～なので／それから

例文 The situation has changed since he left.
彼がいなくなってから状況は変わった
注意 since は過去に起こった事が今も継続している場合につかいます

aware
[əwéɚ]

形容詞　気づいている

用例 I was aware that
～ということはわかっていた

demand
[dɪmˈænd]

他動詞　を（強く）要求する

例文 She demanded an explanation.
彼女は説明を求めた
類義語 request：（正式に）要請する　ask：頼む

Date ・ ・

名詞

tax
[tǽks]

税金

用例 a consumption tax：消費税

自動詞 他動詞

decide
[dɪsáɪd]

(を)決める

例文 I decided to study abroad.
留学することに決めた

派生語 decision：決定、決意
(make a decision：決定する)

自動詞 他動詞

develop
[dɪvéləp]

発展する／を発展させる、を開発する

例文 Seeds develop into plants. 植物は種子から大きくなる

用例 develop an argument 議論を展開する

参考 developed country：先進国　developing country：発展途上国

派生語 development：発達、進歩

名詞 自動詞

age
[éɪdʒ]

年齢、古さ／老ける

例文 She looks mature for her age due to her rich experiences.
彼女は経験豊富なせいで実際よりも大人びて見える

名詞

society
[səsáɪəti]

社会、同好会・協会

用例 a medical society：医師会

派生語 social：社会の

名詞

disease
[dɪzíːz]

(重い)病気

類義語 illness：慢性的な病状

類義語 sickness：一般的な病気、吐き気

他動詞

discuss
[dɪskʌ́s]

について話し合う

他動詞なので "discuss about" は不可です

例文 We discussed what to wear to the party.
パーティに何を着ていくべきか相談した

派生語 discussion：議論

類義語 argue：議論する、言い争う (前置詞 about/over)

| 名詞 | 自動詞 | 他動詞 | ─ | ─ | 人混み、群衆／(に) 押し寄せる |

crowd
[kráʊd]

用例 a crowded room：混雑した部屋
例文 Supporters crowded the stadium.
サポーターはスタジアムを埋め尽くした

| 名詞 | ─ | 他動詞 | ─ | ─ | 記録／を記録する |

record
名詞：[rékə-d]
動詞：[rɪkˈɔə-d]

用例 off the record：オフレコで

"I heard you've been **recording** all of that octopus's weaknesses in your notebook. Lend it to me, won't you?"

| 名詞 | ─ | ─ | ─ | ─ | 助言 |

advice
[ədvάɪs]

派生語 advise：に忠告する

| 名詞 | ─ | ─ | ─ | ─ | クレジット（信用販売）、称賛、信用 |

credit
[krédɪt]

用例 interest-free credit
無利子のクレジットサービス
例文 Give credit where it is due.
功績を正当に評価せよ

| 名詞 | 自動詞 | 他動詞 | ─ | ─ | (を) 気にかける／世話、注意 |

care
[kéə-]

用例 take care of = care for
の世話をする
派生語 careful：注意深い
派生語 carefully：注意深く、念入りに

| 名詞 | ─ | ─ | ─ | ─ | 影響、効きめ |

effect
[ɪfékt]

用例 have an/some effect(s) on ～
～に影響を与える

afraid
[əfréid]
形容詞 怖がった
用例 be afraid of

vote
[vóut]
名詞 自動詞 票、投票／投票する
派生語 voter：投票者

represent
[rèprɪzént]
他動詞 の代理・代表をする、表現する
例文 The man represents the school.
あの男がこの学校の代表だ
例文 These blue lines represent the river.
青い線は川を表している

position
[pəzíʃən]
名詞 姿勢、位置・場所、立場・地位
用例 in a sitting/an upright position
座った／立った姿勢で

reduce
[rɪd(j)úːs]
他動詞 を減らす
派生語 reduction：減少

"That was stupid.
He **reduced** his power before our assassination."
"I wonder why we haven't been able to kill this idiot until now ?"

perform
[pəfɔ́ːm]
自動詞 他動詞 を上演する、を演じる、を遂行する／公演する
用例 perform a role：役割を果たす
派生語 performance：講演、成績、遂行

allow
[əláʊ] 他動詞

を許す、を可能にする

例文 No swimming allowed.　遊泳禁止
類義語 permit, let

corner
[kˈɔːnɚ] 名詞

かど、隅

用例 a store at (on) the corner
　　角にある店
用例 in the corner of the room：部屋の隅

hit
[hít] 名詞／他動詞

をたたく、にぶつかる／ヒット（曲など）、命中

例文 She was hit on the head.
　　彼女は頭を打たれた

（この "hit" は過去分詞です）

excuse
[ɪkskjúːz, eks-] 他動詞

を許す、の言い訳になる

例文 I excused myself for coming late.
　　遅刻の言い訳をした

earn
[ˈɚːn] 他動詞

（を）稼ぐ

用例 earn a living：生計を立てる

recognize
[rékəgnàɪz] 他動詞

（前から知っているもの）をそれと気づく、を認める

例文 I recognized him at once.
　　彼だとすぐにわかった
例文 We have to recognize that we have little time.
　　あまり時間がないということを認識せねばならない

war
[wˈɔːw] 名詞

戦争

類義語 battle：戦闘

名詞 ▰▰▰▱ 法律

law
[lɔ́ː]

用例 break the law：法を犯す
派生語 lawyer：弁護士

▱▱▱**形容詞**▱ 個人の

personal
[pə́ːs(ə)nəl]

用例 personal belongings/possessions：私物・所有物
類義語 private：個人専用の
派生語 person：人（複数形 people）　personality：性格
派生語 personally：（文修飾）個人的には、自分で

名詞 **自動詞** **他動詞** ▰▰▱ 研究／（を）研究する

research
[rɪsə́ːtʃ, ríːsəːtʃ]

"If you have time after school, let's do **research** together to find a poison that will kill me."
"...O-Okay!!"

▱▱▱**形容詞**▱ 大まかな、全体の、一般的な

general
[dʒén(ə)rəl]

用例 a general impression：大まかな印象
用例 a general reader：一般読者
派生語 generally：（文を修飾して）一般的に、全体的に

▱▱▱**形容詞**▱ ただ一つの、独身の

single
[síŋgl]

例文 There was not a single person in sight.
人っ子一人見えなかった

名詞 **自動詞** **他動詞** ▰▰▱ （と）願う／希望、見こみ

hope
[hóʊp]

例文 I hope that his female disguise will not be revealed.
彼の女装がバレないことを願う
派生語 hopefully：（文修飾で）願わくば

occur
[əkˈəː] 自動詞

(事故などが) 発生する

例文 It occurred to me that she might be lying.
彼女が嘘をついているのではないかとふと思った

これは熟語みたいなもんだからつべこべ言わずに覚えとけ！

類義語 happen

produce
[prəd(j)úːs] 他動詞

を製造する、をもたらす

用例 produce side effects
副作用をもたらす

派生語 product：製品　production：生産 (量)

realize
[ríːəlàɪz] 他動詞

がわかっている、に気づく、を実現する

例文 Do you realize the importance of the situation?
事態の重大さがわかっているのか？

用例 realize a dream：夢を実現する

modern
[mádən] 形容詞

現代の

類義語 contemporary, current
反意語 past：過去の　ancient：古代の

refer
[rɪfˈəː] 自動詞

言及する、参照する

用例 refer to a dictionary：辞書を参照する
派生語 reference：言及、参照

also
[ˈɔːlsoʊ] 副詞

〜も、そのうえ

用例 not only A (but) also B
AだけでなくBも

類義語 too, as well, either

opinion
[əpínjən] 名詞

意見、考え

用例 in my opinion：私の考えでは

similar
[sím(ə)lə-]
形容詞
似ている
類義語 alike, same ⇔ different：異なる
例文 Books are similar to friends.
本は友達と似ている

price
[práɪs]
名詞　他動詞
値段／の値段を決める
用例 be priced at $10
10ドルの値段がついている
用例 at a price：かなりの値段で

practice
[prǽktɪs]
名詞　自動詞　他動詞
練習、実践／(を)練習する
例文 Using knives in an actual fight takes hours and hours of practice.
実践でナイフを扱うには何時間もの訓練が必要だ
派生語 practical：実際的な　practically：事実上、ほとんど

part
[pάɚt]
名詞　自動詞　他動詞
部分／分ける／分かれる
用例 part the curtains：カーテンを開ける
派生語 partly：ある程度は、部分的には

chance
[tʃǽns]
名詞
機会、チャンス、可能性
用例 There's a chance that
～という可能性がある

nature
[néɪtʃə-]
名詞
自然、性質
用例 by nature：うまれつき
the nature of A：Aの性質
派生語 natural：自然の、当然の
派生語 naturally：(文修飾で)当然

> 『自然』の意味での "nature" は常に無冠詞・単数形になるんですね

basic
[béɪsɪk, -zɪk]
形容詞
基本の
派生語 basically：基本的には、つまり
派生語 basis：根拠、基礎

moment
[móʊmənt]

名詞 ― ― ― ― 一瞬、瞬間、とき

例文 I'll answer your question in a moment.
あなたの質問にはすぐに答えます

類義語 minute：分、すこしの間

"That way you called your buddies in a **moment**,
are you afraid to fight one-on-one with a junior high schooler?"

alone
[əlóʊn]

― ― ― 形容詞 副詞 一人で、孤独で、独力で／〜だけ（名詞の後で）

同義語 by oneself：一人で
同義語 lonely：孤独で
例文 One cannot live by bread alone.
人はパンのみにて生くるものにあらず

publish
[pʌ́blɪʃ]

― ― 他動詞 ― ― を出版する、を公表する

派生語 publication：出版、公表

degree
[dɪgríː]

名詞 ― ― ― ― 度（温度・角度の単位）、程度

用例 a turn of 90 degrees：90度の回転
用例 to a certain degree：ある程度は

response
[rɪspɑ́ns]

名詞 ― ― ― ― 反応、返答

派生語 respond：対応・反応する（＝ reply）
派生語 responsibility：責任
派生語 responsible：責任のある

remain
[rɪméɪn]

― 自動詞 ― ― ― のままである、残っている

例文 He remained cheerful.
彼は上機嫌なままだった

mean [míːn]
他動詞 / 形容詞
を意味する／意地の悪い

例文 What do you mean by "bitch"?
どういう意味合いで「ビッチ」と言ってるんだい？

例文 That was a mean trick!
あれは卑劣な策略だったな！

form [fɔ́ːm] 多義語
名詞 / 自動詞 / 他動詞
タイプ、形状、用紙、姿／を設立する、を構成する／生じる

用例 form a new political party 新しい政党を結成する

例文 An idea started to form in his mind.
頭の中でひとつのアイディアが生まれはじめた

派生語 formal：正式の（⇔ casual：略式の）

information [ìnfɚméiʃən]
名詞
情報

例文 I got all the information about the island.
その島に関する情報は全てゲットしました

派生語 inform：に通知する

不可算名詞なので常に単数形です

course [kɔ́ːs]
名詞
（一連の）講義、経過、針路

用例 take a course：講義をとる（= class）

注意 of course：もちろん
off course：正しい針路から外れて

necessary [nésəsèri]
形容詞
必要な

例文 It is necessary for him to stay comical at every moment.
いかなる時も彼はギャグキャラを貫かねばならない

派生語 necessarily：必然的に（not necessarily：必ずしも〜ない）

carry [kǽri]
他動詞
を運ぶ、を持ち歩く

例文 This elevator cannot carry more than 10 people.
このエレベーターには10人以上乗れない

例文 Don't carry much money around.
大金を持ち歩くな

fix [fíks]
他動詞
を修理する、を決める、を固定する

用例 fix the date of departure for Monday
出発日を月曜日に決める
（=set, determine）

名詞 ━━━━ 仕事

job
[dʒáb]

"You pay us better than the Japanese government.
You can trust us as professionals to do our **jobs** perfectly."

アンタにゃ日本政府よりきっちり高いカネもらってる

俺等もプロとして仕事しますぜ

名詞 自動詞 他動詞 ━━ を獲得する／増す／増加、利益

gain
[géɪn]

- 用例 gain power：権力を手にする
- 用例 gain in popularity：人気が増す
- 用例 weight gain：体重の増加

名詞 ━━━━ 雑誌

magazine
[mˈæɡəzìːn]

名詞 ━━━━ 中心（地）、総合施設

center
[séntɚ]

- 用例 in the center of～：～の中心に
- 用例 a cultural center：文化の中心地
- 類義語 middle：中央
- 派生語 central：中心の

名詞 ━━━━ 事故、偶然の出来事

accident
[ˈæksədnt]

- 例文 It was an accident that we crashed into the old man.
  ぼくらが老人にぶつかったのは事故だった

名詞 ━ 他動詞 ━━ 影響（力）／に影響を及ぼす

influence
[ínfluːəns]

- 例文 This book is bad influence for junior high schoolers.
  この本は中学生に悪影響を及ぼす

require
[rɪkwáɪɚ]
他動詞
を必要とする、を要求する
例文 He requires medical care.
彼は治療が必要だ
派生語 requirement：必要なもの

particular
[pɚtíkjʊlɚ]
形容詞
特定の、特別な
用例 for no particular reason
これといった理由もなしに
派生語 particularly：特に、とりわけ

arrive
[ərάɪv]
自動詞
到着する、（時間などに）達する（前置詞 at, in, on など）
例文 Your 3:00 appointment has arrived.
約束の3時になりました

author
[ɔ́:θɚ]
名詞
著者
派生語 authority：権威、権力

lay
[léɪ]
自動詞・他動詞
を置く、（を）産む
例文 Our hens don't lay eggs recently.
最近うちの鶏は卵を産まない
用例 lay out
〜をきちんと並べる

"lay-laid-laid"と"lie-lay-lain"の不規則活用は紛らわしいので注意ですよ

action
[ǽkʃən]
名詞
行動、対処
例文 He lacks in consideration but is quick in action.
彼は思慮に欠けるが行動は素早い

past
[pǽst]
名詞・形容詞
過去の／過去
例文 You can't repeat the past!
過去は繰り返せないんだ！
用例 the past (perfect) tense
過去（完了）時制

contain
[kəntéɪn]

他動詞　を含む、（場所に）がある

派生語 container：容器、コンテナ

pick
[pík]

他動詞　を選ぶ、を摘む

用例 pick out：選び出す（= select）
用例 pick up the phone：受話器を取る

judge
[dʒʌ́dʒ]

名詞 自動詞 他動詞　裁判官、審判／を評価する／評価・審査する

例文 Our teacher judged him to be suitable in the mission.
先生はこの任務には彼が適任だと判断した

ever
[évɚ]

副詞　今までに、いつか

例文 Have you ever been to France?
フランスには行ったことがありますか？

figure
[fígjɚ]

名詞　数値、数字、金額、体形、人物、人影、図形

用例 at a high/low figure：高／低価格で
用例 keep one's figure：体形を保つ
例文 I saw a figure in the dark. （多義語）
暗闇に人影がみえた

grow
[gróʊ]

自動詞　育つ、成長する、増える

用例 grow as a person：人間的に成長する
派生語 growth：増加、成長

"School and status do not matter.
Whether a fish lives in a clear stream or a muddy ditch, as long as it continues swimming forward, it will **grow** up beautifully."

学校や肩書などは関係ない
清流に棲もうがドブ川に棲もうが前に泳げば魚は美しく育つのです

abroad
[əbrˈɔːd] 副詞

外国で

例文 I have never been abroad.
私は外国へ行ったことがない

depend
[dɪpénd] 自動詞

(〜に) よる、頼る

例文 I'm depending on you to help me.
君の助けを頼りにしてるよ

例文 It/That depends. 時と場合による

派生語 dependence:依存 (⇔ independence:独立)

include
[ɪnklúːd] 他動詞

を含む

用例 including me：私を含めて

issue
[íʃuː] 名詞・他動詞

問題点、(雑誌などの) 〜号／を発令する、を発行する

例文 The position of home economics is a serious issue.
家庭科の位置付けは重大な問題だ

用例 issue a statement：声明を出す

view
[vjúː] 名詞・他動詞

意見、眺め／を考える

例文 Our classroom affords a fine view of the forest.
僕たちの教室からは森がよく見える

例文 The matter must be viewed from all angles.
その問題はあらゆる面から考察されねばならない

knowledge
[nɑ́lɪdʒ] 名詞

知識

派生語 know：知っている

risk
[rísk] 名詞・他動詞

危険／を危うくする

用例 at risk：危険にさらされて

用例 run a risk of doing
〜する危険を冒す

名詞 ▬ ▬ ▬ ▬　産業

industry
[índəstri]

派生語 industrial：産業の
派生語 industrial pollution：産業汚染

▬ **自動詞** ▬ ▬ ▬　当てにする、頼る（前置詞 on・upon）

rely
[rɪláɪ]

派生語 reliable：頼りになる、信頼できる

"It was nothing. Nurufufufu. Well then, let's continue our trip."
The problem is that our target is an incredibly **reliable** teacher.

▬ ▬ **他動詞** ▬ ▬　を発見する、がわかる

discover
[dɪskʌ́vɚ]

用例 discover America：アメリカ大陸を発見する
例文 We discovered (that) our teacher's weakness is water.
せんせーは水に弱いことがわかった

▬ **自動詞** **他動詞** ▬ ▬　を続ける／存続する

continue
[kəntínjuː]

例文 Oil prices continued to rise.
原油価格は上昇し続けた

名詞 ▬ ▬ ▬ ▬　違い

difference
[díf(ə)rəns]

用例 the difference of a teacher from an octopus
(= the difference between a teacher and an octopus)　せんせーとタコの違い
派生語 different：異なった

▬ ▬ **他動詞** ▬ ▬　(絵・地図など)を描く、(人)をひきつける、(カーテンなど)を引く

draw
[drɔ́ː]

絵の具を使う時は "paint" ですよ

用例 draw a picture：(鉛筆・ペンで)絵を描く
用例 draw attention：注目を集める
用例 draw the curtains：カーテンを閉める

3-E 特別授業

中二病: sophomore disease

赤羽業の挑発英語

赤羽業DATA
中学2年の時の暴力事件が原因でE組に転級。初めて殺せんせーに傷を負わせるなど、学力と戦闘で非凡な才能を持つ。

俺が教えるのは、相手を挑発したいときに使う英語。それぞれに一言添えてあるから参考にしてよ。

You wanna go?
やんのか？

これはケンカを吹っ掛ける時に挑発する言葉だね。ジェスチャーと組み合わせると、もっと有効かもね！

相手がアツくなってる時がベストな使い所。たとえアツくなっていても冷静な自分を装わないとダメだけどね。

You're so desperate!
必死だね～

Why so serious?
なにマジになってんの？

これも上の「必死だね～」と同じように、めっちゃくちゃムキになってる相手には効果覿面なんじゃないかな。

これはケンカとかの後に追い討ちをかける言葉かな。こっちが勝った状況じゃないと使えないけどね。

You thought you could beat me?
え!?勝てると思ってた？

Just kidding. I was just teasing you.
冗談だよ。からかっただけだろ

悪ノリが過ぎた時なんかはこの言葉。その場を取り繕うのに使う言葉っぽいけど、相手はイラッとくるから大丈夫。

自分と相手の立場の違い"俺の方が上なんだよ"っていうのを明確にする言葉。最後のトドメだね〜。

There is no use talking to you.
キミに言ってもしょうがないけど

C'mon, get to the point.
結局 何が言いたいの？

口ゲンカとかで、相手がヒートアップしてきた時なんかに有効。たとえ劣勢な状況でも一気に優位になれるかな。

日本人には馴染みの薄い言葉かもしれないけど、英語を使う人、ほぼ全員に対してカチンとさせられるよ。

You chicken!
このチキン野郎が！

Yeah yeah, my bad, whatever.
はいはい 私が悪うござんした

どうしても、謝らなければならない時に、使う言葉。だって心から謝ってないからね。

You foooooool!!
バ〜カ!!

どこでも使えるのが「チキン野郎」とこれ。「フール」は伸ばせるだけ伸ばすと良いかもね。

こういう見下す表情でやってみ？どんな冷静なヤツでもガチギレ必至だからさ

3-E 特別授業

岡島くんのエロく聞こえる英単語

エロは世界を救う：eroticism saves the world

スケベキャラ おかじまたいが
岡島大河 DATA
E組一のエロ男・岡島。エロ本片手にここまで凛々しい表情をたたえられるのは岡島をおいて他にいない！

英語には、響きが妙にエロい単語があるんだぜ。クックック、そんな厳選した"エロ単語"を紹介だ！

Monday
"マンデイ"は響きもエロいけど、ローマ字読みだと"モンデー"。何を"揉む"んだっての♥

Body Soap
知り合いの松●優っていう男子は、この言葉の響きだけでめっちゃくちゃムラムラしたらしいよ。

Virgin Oil
正しくは「バージンオリーブオイル」なんだけど、「バージン」って単語だけで、ヤバいね♥

Pie
王道だね！男の永遠の憧れをこんなに堂々と口にできるなんて、この洋菓子料理に万歳。

Cup Noodle
カップ麺を見る度に、女性の裸体が頭に浮かぶ。ま、「麺」の単語がエロいってことだ！

Back Attack
バレーボールの試合中によく聞くだろ？必殺の攻撃手段でさえ、こんなにエロくなるのか♥

CHAPTER 2
第2章　基礎2
basic2

会話の中でもこのレベルは基本よ
These are also the essentials when it comes to conversation!

ちゃっちゃと殺っちゃいなさい！
Just go on and finish them off!

2. 火曜日の休み時間
Break time of Tuesday

2. 火曜日の休み時間

「渚、なにそれ?」

　休み時間に席で勉強をしている渚に、中村莉桜が声をかけた。

「殺せんせー手製の英単語帳だよ」

「えー、いいなあ」

「よくないよ。昨日の宿題で4つもスペルミスした罰みたいなもんだもん」

「罰でもなんでも、単語力をアップするチャンスじゃん」

「中村さんはポジティブだね」

「まあね、カッカッカッ。ふうん、『殺たん』かぁ。どんな単語帳か、見せてよ」

　中村は渚の机の上にあった下敷きを取ると、襟口を引っ張りながら胸元を扇いだ。

「……中村さん、やっぱりオヤジっぽいよね」

「だって、暑いんだからしょうがないじゃん」

　中村は渚の手から『殺たん』を奪って、パラパラとめくった。

「ふうん、出てきやすい順に単語を並べてるのかぁ。こりゃ、覚えやすいね」

「まあ、殺せんせーのことだから意地でもわかりやすく作ってあるよ」

「渚の場合、英単語知らないわけじゃなくって、スペルミスが多いってのがミソだよねぇ」

「うん……」

「ちょっと試しに問題出していい？」

「うん、いいよ」

「"transvestism"の意味わかる？」

「……そんなむずかしそうなの、わかんないよ」

「長い単語も、分解すれば案外簡単だし、スペルも

覚えやすいんよ。transは交換するとか交錯するってことを意味するの。"transfer"とか"transparent"とかね。vestは洋服のこと。ismは何々主義。で、組み合わせるとね、性別の差を越えて服を交換する趣味のことって意味になるんだよ」
「それって、もしかして」
「うん、女装趣味のことね」
「そんな単語、載ってたっけ!?」
「ん？　単語帳にはないよ」
「ど、どうしてそんな意地悪するの！」
「ちょっとからかっただけじゃん。あはは」
　あっけらかんとした笑顔で、バチッと渚の肩を叩いた。
「なんか楽しそうじゃない？」
　茅野が席に戻ってきた。
「っていうか、一方的にもてあそばれてただけなんだ

けど」

「中村さんは渚いじりが趣味だからしょうがないよね」

「どんな趣味!?」

「今ごろ気づいたの？ 渚、鈍いなぁ」

「ねえねえ、茅野っちも渚に問題出してあげてよ」

「あ、『殺たん』だね。あたしも渚をいじっちゃおう。適当なページを開けてね、その単語で今日の渚の運勢を占うの」

　茅野が『殺たん』をパッとめくった。

「"male"は？ m-a-l-e」

「男性、男性の」

「せいかーい。ねえねえ渚、『男っぽい』って英語で何ていうの？」

「うーんと……」

「"masculine"だよ。m-a-s-c-u-l-i-n-e」

すかさず中村が答える。

「中村さん、すごーい！　英語で一番獲っただけのことはあるわあ。中村さんってちょっと"masculine"だよね」

「まーね、中身はオヤジだから。おしぼりで顔拭いて『はあーっ』って言っちゃうし」

「ほんとにオヤジくさいよ……」

「渚に女装させてセクハラしちゃうぞ」

「ええっ、やめてよ」

「渚いじるの楽しいわあ、辛抱たまらん！」

「オヤジ過ぎるよ、中村さんってば。わりと巨乳のくせに」

茅野は中村の胸をジッと見つめた。

「ツッコミ、そこ!?」

「オヤジやから、茅野っちにもセクハラするで〜」

茅野の首に手を回す中村。

"male""female"は生物学・学術的な「男」「女」を表す。よって、人間以外の動物にも使用する言葉。対して"man""woman"は人間のみに使う「男」と「女」。殺せんせーは"male"ではあるけど"man"ではない?

男性

女性

どんなシチュだよ

「キャッ、やめてーっ！」

「3人で一緒に勉強ですか。感心ですねぇ」

　殺せんせーが渚達3人のところにやってきて大きな顔を覗かせる。

「は、はい」

「共同作業から始まる恋もありますからねぇ、ヌルフフフ」

　ニヤニヤ顔を見せる殺せんせー。

「殺せんせー、考えがゲスいよ。ウチらは、そういうんじゃないの。ついでだからさ、殺せんせーも今日の運勢占ってあげるよ」

「占い？」

「単語帳をぱっと開いて出た単語が、今日の運勢に関係するんだ」

「いいですねぇ、やってみてください」

中村は『殺たん』を適当に開いた。

「"dirty"」

「ダーティ……?　それは先生には関係のない言葉では」

「ぴったしじゃん!　ゲスいし、エロいし、まんまダーティって言葉が当てはまるよ」

「清廉潔白(せいれんけっぱく)、品行方正、触手の先まで慈愛に満ちた先生になんてことを」

　殺せんせーはこれみよがしにネクタイを直した。

特別授業 Special Lesson
基本的な形容詞

第2章の特別授業は、代表的な形容詞の紹介です。基本の英単語ではありますが、どれもこれも使用頻度の高い単語ですよ。しっかり覚えてから次に進みましょう。

all	すべての		exciting	興奮させる
another	もう一つ[一人]の		expensive	高価な
bad	悪い		far	遠い
best	最も良い		fast	速い
better	もっと良い		few	少しの
big	大きい		fine	良い、元気な
both	両方の		first	最初の
clean	清潔な		free	自由な
clear	明るい		fresh	新鮮な
cold	寒い		full	いっぱいの
cool	涼しい		glad	嬉しい
crazy	ぶっとんだ		good	良い
dangerous	危険な		great	すばらしい
dark	暗い		half	半分の
deep	深い		hard	硬い
dry	乾いた		heavy	重い
each	それぞれの		high	高い
easy	容易な		hot	熱い
either	どちらか一方の		hungry	腹の減った
else	そのほかの		important	重要な
enough	十分な		late	遅れた

least	最小の
left	左の
less	もっと少ない
light	軽い、明るい
little	小さい
long	長い
low	低い
main	主要な
many	多数の
more	もっと多い
most	最大、最多の
near	近い
new	新しい
next	次の
nice	良い
old	古い
only	唯一の
perfect	完全な
poor	貧しい
pure	純粋な
quiet	静かな
ready	用意ができて
real	本物の
rich	豊かな
right	正しい、右の
safe	安全な
same	同じ

short	短い
simple	単純な
slow	遅い
small	小さい
soft	やわらかい
sorry	気の毒に思って
special	特別な
still	静かな
strong	強い
sweet	甘い

あきれる be amazed
餌付けする feed

tall	高い
tired	疲れた
used	中古の
very	まさにその
warm	暖かい
welcome	歓迎される
well	良い
wonderful	すばらしい
worse	より悪い
worst	最も悪い
young	若い

次のページでは 家族と時間に関する英単語を学んでいきましょう！

特別授業 Special Lesson
家族をあらわす英単語

少しずつレベルを上げて、続いては、家族をあらわす英単語です。普段、あまり使うことのない「おじ」「おば」「姪」といった英単語もしっかり覚えましょう。

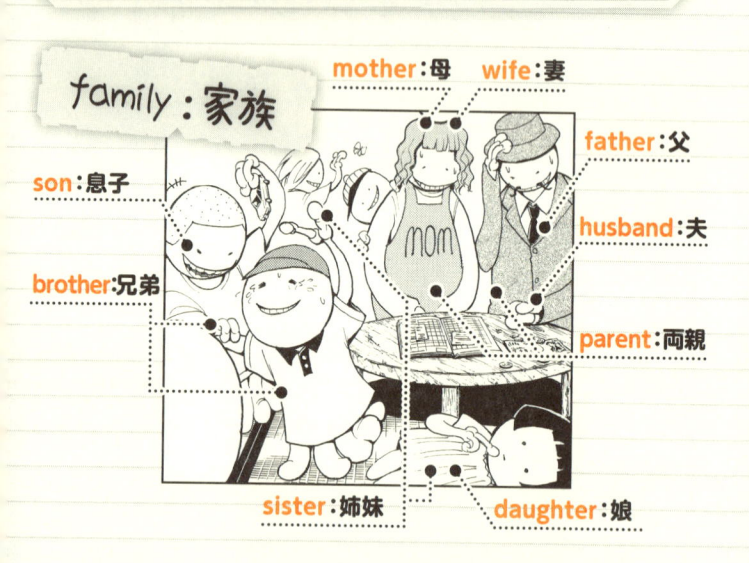

family：家族

- mother：母
- wife：妻
- father：父
- husband：夫
- parent：両親
- daughter：娘
- sister：姉妹
- brother：兄弟
- son：息子

friend：友人

●そのほかの家族をあらわす単語

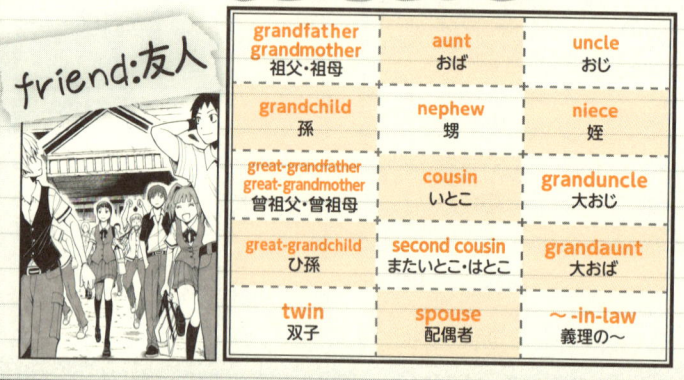

grandfather grandmother 祖父・祖母	aunt おば	uncle おじ
grandchild 孫	nephew 甥	niece 姪
great-grandfather great-grandmother 曾祖父・曾祖母	cousin いとこ	granduncle 大おじ
great-grandchild ひ孫	second cousin またいとこ・はとこ	grandaunt 大おば
twin 双子	spouse 配偶者	〜-in-law 義理の〜

特別授業 時をあらわす英単語
Special Lesson

続いては時をあらわす英単語です。これも先ほど覚えた家族同様、みなさんにとって普段使うことの少ない単語が含まれますから、しっかり覚えていきましょう。

- **midnight** 真夜中（午前0時）
- **noon** 正午
- **tonight** 今夜
- **early morning** 早朝
- **evening** 夕方
- **dawn** 夜明け
- **dusk** 日暮れ
- **time** 時間
- **morning** 朝（夜明けから正午まで）
- **afternoon** 午後（正午から日没まで）
- **day** （夜明けから日没までの）日中
- **night** 夜（日没から夜明けまで）

● そのほかの時をあらわす単語

the day before yesterday 一昨日	now 今	the day after tomorrow 明後日
yesterday 昨日	today 今日	tomorrow 明日
hour 時間	minute 分	second 秒
year 年	month 月	week 週
millennium 1000年	century 100年・世紀	decade 10年
leap year うるう年	dead of the night 丑三つ時	moment 瞬間
eternity 永遠	term （3学期制の場合の）学期	semester （2学期制の場合の）学期

fail
[féɪl]

自動詞 失敗する、(〜) しない

例文 The bullet failed to reach our teacher.
弾丸はせんせいに当たらなかった

kind
[káɪnd]

名詞 / **形容詞** 種類／親切な

例文 What kind of a creature is he?
奴はどんなタイプの生物なんだ？

belong
[bəlˈɔːŋ, bɪ-]

自動詞 属する

例文 This library belonged to my father.
この蔵書は父のものだった

注意 進行形（be belonging）は不可です

protect
[prətékt]

他動詞 を保護する

例文 This book is protected by cópyright.
この本は著作権で保護されている

用例 protect A from/against B：A を B からまもる

派生語 protection：保護

explain
[ɪkspléɪn, eks-]

他動詞 を説明する

派生語 explanation：説明

major
[méɪdʒə]

形容詞 主要な

用例 a major problem：大きな問題

派生語 majority：多数派 （⇔ minority：少数派）

drop
[dráp]

名詞 / **自動詞** / **他動詞** を落とす、落ちる／を下ろす、下がる／滴

用例 drop sweat：汗を滴らす

用例 a drop of rain：雨滴

名詞 ━ ━ **形容詞** ━ 人／人間の

human
[hjúːmən]

用例 human behavior：人間の習性

名詞 **自動詞** **他動詞** ━ ━ を案内する、(の)先頭をゆく、(を)率いる／首位

lead
[líːd]

用例 lead A to do：Aに～させるように導く
類義語 guide：を案内する
類義語 direct：(道順などを人)に教える
派生語 leader：主導者

名詞 ━ **他動詞** ━ ━ 心、精神／をいやがる、に気をつける、～していただけませんか

mind
[máind]

用例 mind and body：心と体
例文 Do you mind if I smoke?
タバコを吸ってもいいですか？
用例 Don't mind / Never mind. 気にするな、ドンマイ

名詞 ━ ━ ━ ━ 証拠

evidence
[évədns, -dèns]

例文 There is some evidence of guilt.
有罪の明らかな証拠がある

> 不可算名詞なので
> 常に単数形です

名詞 ━ ━ ━ ━ 努力

effort
[éfɚt]

用例 make an effort to do
～しようと努める

"I am expecting everyone to assassinate with all their might. For it is my highest pleasure to see your wisdom, plans and best **efforts**."

名詞 ━ ━ ━ ━ 機会、チャンス

opportunity
[àpət(j)úːnəti]

例文 Never miss the opportunity to get him.
あいつを殺る機会を逃すな

crime
[kráɪm]
名詞 — — — —
犯罪
派生語 criminal：犯罪の

sign
[sáɪn]
名詞 自動詞 他動詞 — —
きざし、しるし、標識、記号／(に) 署名する
例文 He gave no sign of carelessness.
まったく油断の様子を見せなかった
派生語 signal：合図、信号　significant：重要な
派生語 signature：サイン

material
[mətí(ə)riəl]
名詞 — — — —
生地、材料、物質、用具
例文 What is the material of this sphere?
この球体はどんな物質でできてるんだ？

refuse
[rɪfjúːz]
— 自動詞 他動詞 — —
(を) 拒む、を断る
例文 She refused to follow her master.
彼女は開発者に従うのを拒んだ

dead
[déd]
— — — 形容詞 —
死んだ、(電池など) 切れた
例文 This line is dead.
この回線は死んでいる
派生語 die：死ぬ　death：死

guess
[gés]
名詞 自動詞 他動詞 — —
(を) 推測する／推測
例文 I guess his age at 35.
= I guess that he is 35.
彼は35歳だと思う
用例 make a guess：推測する

private
[práɪvət]
— — — 形容詞 —
私用の、私的・個人的な、内輪の、私立の
例文 He is reluctant to talk about his private life.
彼は私生活について話したがらない
用例 a private hospital：私立病院 (⇔ public)

far
[fάɚ] 副詞

遠方に、かなり、はるかに

例文 The booklet was far thicker than expected.
しおりは予想よりもはるかにぶ厚かった

propose
[prəpóʊz] 他動詞

を提案する

派生語 proposal：提案
類義語 suggest

『プロポーズする』の意味では"propose to 人"と自動詞になるんです

company
[kˈʌmp(ə)ni] 名詞

会社、同伴者

例文 I always enjoy her company.
彼女と一緒にいるのは常に楽しい

save
[séɪv] 自動詞 他動詞

を救う、をとっておく／貯金する

例文 Save me a place.
席をとっておいてくれ
派生語 saving：節約、貯金

angry
[ˈæŋgri] 形容詞

怒った

類義語 furious, mad

"I told you that assassinations must not distract you from your studies.
As a punishment, you must stand at the back and attend class."
"……sorryyyy…You don't need to get that **angry**."

暗殺は勉強の妨げにならない時にと言ったはずです

罰として後ろで立って受講しなさい

すいません…

そんな真っ赤になって怒らなくても

address
[ədrés] 名詞 他動詞

住所、メールアドレス、演説／に話しかける

用例 address an audience
聴衆に演説をする
例文 What is your address?
ご住所は？

happen
[hǽp(ə)n] 自動詞

（予期せぬことが）起こる、生じる

- 用例 **whatever** happens：何が起ころうとも
- 用例 happen **to do**：偶然～する
- 類義語 occur：起こる
- 類義語 take place：（予定された出来事が）行われる

condition
[kəndíʃən] 名詞

状態、環境、条件

- 用例 living/working conditions
  生活/労働環境
- 用例 **on** condition that：～という条件で

join
[dʒɔ́in] 他動詞

に参加する

- 例文 He was not allowed to join the voyage.
  彼は旅行に参加させてもらえなかった

power
[páuə] 名詞

権力、政権、影響力

- 用例 military/political/economic power
  軍事/政治/経済力
- 用例 be **in** power：政権についている
- 派生語 powerful：影響力の強い、激しい

period
[píəriəd] 名詞

期間、時代、ピリオド

- 用例 a period of illness：病気の期間

century
[séntʃ(ə)ri] 名詞

100年間、世紀

- 用例 the early/mid/late nineteenth century
  19世紀の初頭/中葉/後期

reach
[ríːtʃ] 自動詞 他動詞

に達する／手を伸ばす

- 用例 reach a conclusion/agreement
  結論/合意に達する
- 例文 He reached **for** the knife.
  ナイフに手を伸ばした

殺たん

"pay 人" "pay 金額" "pay 人 金額" の3通りが可能ですよ

| 名詞 | 自動詞 | 他動詞 | ― | ― | (を)支払う／給料 |

pay
[péi]

例文 Have you paid the rent yet?
もう家賃は払った？
用例 pay attention/honor to：～に注意／敬意を払う
派生語 payment：支払い

| 名詞 | ― | ― | ― | ― | 状況 |

situation
[sìtʃuéiʃən]

用例 sticky situation：行き詰まった状況、ピンチ
例文 Judging from the situation, our teacher seems to be the lingerie thief.
状況から判断すれば、せんせーが下着ドロボーだ

| 名詞 | ― | ― | ― | ― | 目的、意図 |

purpose
[pˈəːpəs]

用例 on purpose：故意に
類義語 aim：ねらい
類義語 goal：目標

そこでも違った
いきなりモンスターがやってきてクラスにデカい目的を与えちまった

Even there, I was wrong.
Suddenly a monster came over and gave the class a big **purpose**.

| 名詞 | ― | ― | 形容詞 | ― | いくつか（の） |

several
[sév(ə)rəl]

用例 several countries：数か国
注意 several が伴う名詞は必ず複数形です

| ― | ― | ― | ― | 副詞 | かなり、ちょっとばかり、むしろ |

rather
[rˈæðɚ]

用例 rather expensive：ちょっと高価すぎる
例文 He is rather a fool. あいつは結構な馬鹿だ
例文 I am a writer rather than a teacher.
私は教師というよりもむしろ作家だ

| ― | 自動詞 | 他動詞 | ― | ― | (を)信じる、と考える |

believe
[bəlíːv, bɪ-]

用例 It is believed that：～と考えられている
例文 Do you believe in God?
神の存在を信じるか？
派生語 belief：信じること、信仰

KUNUGIGAOKA JUNIOR HIGH SCHOOL・071・

possible
[pάsəbl] 形容詞 (達成)可能な

例文 Technology has made it possible for us to communicate rapidly.
科学技術のおかげで我々は迅速に連絡できるようになった

派生語 possibility：可能性　possibly：たぶん (= maybe, perhaps)

tend
[ténd] 他動詞 (tend to do で)〜しがちである

用例 Our teacher tends to yield to porn magazines.
せんせーはエロ本に屈しやすい

派生語 tendency：傾向

hold
[hóʊld] 他動詞 を持つ、を保つ、を抱き締める

用例 hold a knife properly
ナイフを正しく構える

fear
[fíɚ] 名詞 他動詞 恐怖心／を懸念する

例文 He fears that he may go bald in the future.
彼は将来ハゲるのではないかと心配している

怖がってるだけの人に見えたけどね　君も皆も

"To me you just looked in **fear**. You and all the others."

able
[éɪbl] 形容詞 することができる

用例 be able to do
例文 Our teacher is able to fly at the speed of Mach 20.
せんせーはマッハ20で飛ぶことができる

reason
[ríːzn] 名詞 自動詞 他動詞 理由、道理、理性／(と)考える、推論する

用例 the reason for being here：ここにいる理由
用例 reason out a conclusion：結論を導き出す
用例 the reason why I became an assassin
暗殺者になった理由

この "why" は省略可能です

fact
[fǽkt]

名詞 - - - -
真実、～ということ（the fact that）

例文 Fact is stranger than fiction. 事実は小説よりも奇なり
例文 The fact that he is ill is known to everybody.
彼が病気だということは周知の事実だ

side
[sáɪd]

名詞 - - **形容詞** -
～側、側面、わき腹／横の、副次的な

用例 a house at the side of the lake
湖畔の家
用例 side by side：並んで、協力して
用例 side business：副業（⇔ main）

common
[kάmən]

- - - **形容詞** -
よくある、ありふれた、共通の

用例 common sense：常識
用例 a common name：ありふれた名前
反意語 rare：珍しい

marry
[mǽri]

- - **他動詞** - -
と結婚する

用例 He married her in 1987.
彼は1987年に彼女と結婚した
派生語 married：既婚の　marriage：結婚
反意語 divorce：と離婚する

train
[tréɪn]

名詞 - **他動詞** - -
電車／（を）訓練する、をしつける

例文 They are all trained to assassinate their teacher.
彼らは全員、せんせーを暗殺する訓練を受けている

派生語 training：訓練

even
[íːv(ə)n]

- - - **形容詞** **副詞**
平らな／～でさえ、さらに～

用例 even if：たとえ～としても
用例 even though：～なのに
用例 even better/worse：もっと良い/悪い
類義語 flat：平らな

college
[kάlɪdʒ]

名詞 - - - -
（教養科目を教える）大学

類義語 university：（総合）大学

名詞 ☐-☐-☐-☐ 記憶（力）

memory
[mém(ə)ri]

例文 have a good/bad memory
記憶力が良い / 悪い

☐-☐-☐-**形容詞**-☐ 元気な、積極的な

active
[ǽktɪv]

派生語 activity：活動

例文 The students are active in assassination training.
生徒たちは暗殺トレーニングに精を出している

名詞 ☐-☐-☐-☐ 旅行

tour
[t'ʊɚ]

例文 Never forget to bring your pillow to the tour.
旅行に枕を持ってくるのを忘れないように

類義語 trip：旅行 travel：旅行（すること）

類義語 journey：（長）旅

"Humph, you guys are so childish. Once you **travel** around the world like me, a simple excursion is nothing."

名詞 ☐-☐-**形容詞**-☐ 第一級の、不朽の／古典、名作

classic
[klǽsɪk]

用例 a classic album：名盤

派生語 classical：古典（主義）の

☐-☐-☐-**形容詞**-☐ 奇妙な、見知らぬ

strange
[stréɪndʒ]

例文 I felt completely strange in the town.
そこは全くなじみのない街だった

派生語 stranger：よそ者

反意語 familiar：なじみの

☐-☐-☐-**形容詞**-☐ 間違った

wrong
[r'ɔːŋ]

例文 You're wrong/right.
きみは間違っている / 正しい

· 074 ·

foreign
[fɔ́ːrən]
形容詞

外国の

- 派生語 foreigner：外国人
- 例文 The fastest way to learn a foreign language is to go out with a native speaker.
  外国語を身につける一番の近道は、ネイティブと付き合うことだ

education
[èdʒʊkéɪʃən]
名詞

教育

- 派生語 educate：を教育する
- 派生語 educational：教育の

during
[d(j)ʊ́(ə)rɪŋ]
前置詞

の間ずっと

- 注意 during my sleep / while I was asleep
  ＝私が眠っていたとき

> during は前置詞なので名詞を従えますが、同じ意味で後ろに節が来る場合は while を使います。

plant
[plǽnt]
名詞 / 他動詞

植物、工場／を植える、(種)をまく

- 用例 a nuclear plant：原子力発電所
- 例文 He is ordered to plant tulip bulbs gently.
  彼はチューリップの球根をいたわりながら植えさせられている

sale
[séɪl]
名詞

販売、(複数形で)販売数

- 用例 For Sale：「売り物」、「売地」

sell
[sél]
自動詞 / 他動詞

(を)売る

- 用例 be sold out：売り切れる

popular
[pάpjʊlɚ]
形容詞

人気のある、世間の、大衆向けの

- 例文 He is popular with the students.
  彼は生徒に人気がある
- 用例 popular culture：大衆文化

population
[pάpjʊléɪʃən]

名詞

人口

用例 a large/small population
多くの / 少ない人口

break
[bréɪk]

名詞 自動詞 他動詞

を壊す、(約束)を破る、を折る／
壊れる、故障する、骨折する／休憩、中断

用例 break into pieces：ばらばらになる
用例 break the law：法をおかす

silent
[sάɪlənt]

形容詞

無言の、しんとした

用例 The class fell silent.
教室は静まり返った
派生語 silence：静けさ

couple
[kʌ́pl]

名詞

2〜3、2つ

用例 a couple of minutes：2〜3分
用例 a married couple：夫婦
類義語 pair

warm
[wɔ́ːrm]

形容詞

あたたかい

反意語 cool, cold：寒い、つめたい
派生語 warmth：あたたかさ

> 発音注意ですね "water" "war" など「w」のあとの「a」は「o」の発音になることが多いんですよ

> "I feel that Mr. Karasuma, who devotes himself to being professional, is much **warm** hearted than Mr. Takaoka, who forcefully passes himself off as a father."

> 父親を押しつける鷹岡先生より プロに徹する烏間先生の方が 僕はあったかく感じます

cure
[kjʊ́ə]

名詞 他動詞

を治療する／治療(法)

用例 a cure for AIDS：エイズの治療法

document
[dάkjʊmənt]

名詞 文書、書類

用例 create/edit a document
文書を作成／編集する

future
[fjúːtʃɚ]

名詞／形容詞 未来（の）

用例 in the (near) future：(近い) 将来に

ground
[gráʊnd]

名詞 地面、土地、根拠

用例 have grounds to do：〜する根拠がある

request
[rɪkwést]

名詞／他動詞 要請、要望／を要請する

用例 refuse [reject] a request：要請を拒む

例文 He requested that he should be kept informed.
彼は随時情報を知らせるように要請した

already
[ɔːlrédi]

副詞 すでに、もう

例文 Are you leaving already?
もう行かれるのですか？

imagine
[ɪmǽdʒɪn]

他動詞 を想像する

例文 I cannot imagine how he destroyed the moon.
彼がどうやって月を破壊したか想像もつかない

派生語 image：イメージ、画像

派生語 imagination：想像力

clothes
[klóʊ(ð)z]

名詞 服

発音がまぎらわしいのでまとめて憶えておきましょう！
cloth [klɔ́ːθ]：布
clothe [klóʊð]：(be clothed in で)を着ている
clothing [klóʊðɪŋ]：(集合的に)衣類

名詞 **自動詞** ▬ ▬ ▬ 横になる、ある、嘘をつく／嘘

lie
[láɪ]

用例 lie in the future：将来にある（起こる）
用例 tell a lie：嘘をつく

名詞 ▬ ▬ ▬ ▬ 喜び

joy
[dʒˈɔɪ]

派生語 enjoy：を楽しむ
派生語 joyful：よろこばしい

名詞 ▬ ▬ ▬ ▬ （長篇）小説

novel
[nάv(ə)l]

用例 a detective novel by Thomas Pynchon
トマス・ピンチョンの探偵小説

派生語 novelist：小説家

> この単語はもともと「新しい」という意味の形容詞でした

名詞 ▬ ▬ ▬ ▬ 島

island
[άɪlənd]

例文 The plan will take place at a small island in the south.
計画は南の小島で起こるだろう

> このように方向には必ず"the"がつきますよ！これは覚えておくといつか役立ちます

▬ ▬ ▬ **形容詞** ▬ 公的な、大衆の

public
[pˈʌblɪk]

反意語 private：個人の、私的な

▬ ▬ ▬ **形容詞** **副詞** かわいい／かなり

pretty
[príti]

用例 pretty good：めっちゃ良い

> 最近では英語でも"kawaii"と言うようです

> ナイフケースデコってみたよ
> かわいーっしょ

"We decorated our knife sheaths."
"They're **pretty**, aren't they?"

名詞 — 講義

lecture
[léktʃɚ]

用例 give [deliver] a lecture：講義をする

形容詞 — (幅の) 広い、豊富な

wide
[wáɪd]

用例 a wide grin：満面の笑み
用例 wide experience：豊富な経験
類義語 broad：(幅の) 広い ⇔ narrow：狭い

名詞 — 誕生

birth
[bˈɚːθ]

用例 give birth to：〜を産む

名詞 — 隣人、隣国

neighbor
[néɪbɚ]

派生語 neighborhood：近所（の人たち）

イギリス英語とアメリカ英語で綴りの"揺れ"(neighbour)もあるから気をつけなさい

形容詞 — 確信している、確かな、きっと〜する

sure
[ʃˈʊɚ]

例文 She's sure to get furious at the graffiti.
彼女は落書きを見て間違いなく激怒するだろう

名詞 — 性格・特徴・個性、登場人物、文字

character
[kˈærəktɚ]

用例 the national character：国民性
派生語 characteristic：特質、固有の
派生語 characterize：の特徴を述べる

名詞 — 他動詞 — 挑戦、抗議／に異議を唱える、に挑む

challenge
[tʃˈælɪndʒ]

例文 The problem challenged me to tackle it.
その問題は私に取り組む気を起こさせた
派生語 challenging：やりがいのある

Date . .

セックスシンボル:
sex symbol

3-E 特別授業
ビッチ先生の口説き方講座

外国語を短時間で習得するにはその国の恋人を作ること。男どもに、女性の口説き方を教えてあげるわ。

イリーナ・イェラビッチDATA
殺せんせーを暗殺するべく、E組に送りこまれた女性暗殺者。舌を絶妙に使いこなしてプラモを作るなど、超エロチック。

You're so beautiful that you made me forget my pickup line.

あなたが美しすぎるから
セリフが全てとんでしまったよ

> 女性に合わせて幾つもの口説き文句の種類を用意する必要がないわけよね。一番万能な言葉ね。

> やけに短い言葉だと思ったかしら？まったく、ガキねぇ。着飾った言葉も必要じゃなくなる時があるのよ、大人の女性には。フッフッフッフッ。

I can't take my eyes off of you.

キミから目が離せないよ

I never thought I could get such a feeling.

こんな気持ちになるなんて
自分でも予測していなかった

> 「想定外なんだ」と相手の女性に思わせるところがカギね。ちょっと高度かしら？

I got bored just being your friend.
Please be my girl (my boy).

これはこれまでと違い、親しい関係の女性に使う口説き文句ね。ま、あんた達のような学生向きなんじゃない？

友達でいることに飽きた 付き合おう

be my girl (my boy)：(恋人として)付き合う

I'm not drunk,
I'm just intoxicated by you…

これは、大人が言いそうな、ポピュラーな口説き文句ね。あんた達にはまだ早いかしら。

お酒に酔っているんじゃないんだ あなたに酔ってしまって……

intoxicate：酔わせる、夢中にさせる

This isn't coincidence,
we were born to meet.

"運命"という言葉には弱いものよ、女性は。あと言うタイミングね。出逢ったその時に言わないと効果はないわよ。

出逢えたことは 偶然なんかじゃない 運命なんだ

I'd like to be with you
just a little more.

あと少しでいい あなたといたい

時間の制約がある相手には良い口説き文句ね。門限だったり、遠距離で逢えなかったり。どっちかと言えばあんた達学生向けの言葉かしら。

The first thing I want to see in the morning is your face.

朝起きて最初に見たいと思うのはキミの顔だ

「朝起きて」ってことはそういうことよ。ま、学生であるあんた達にはまだ早い言葉ね。

Tell me my faults, and I'll fix them all.

ダメなところを言って全て直すから

「キミのためならば何でもするよ」という気持ちを相手に伝える良い言葉ね。ったく、世の中にはまったく気付かない、超鈍感なヤツもいるけど。

The longer I stare, the more beautiful you become.

あなたは見つめる程に美しくなる

「この瞬間この瞬間も美しくなっている」ということを伝える良い口説き文句ね。この時、絶対に相手の瞳から視線を外しちゃダメよ。

You look like a piece of art.

あなたはまるで芸術品だね

男はどうせ身体のことを言ってるんでしょうけど、意外とやらしくない良い言葉ね。

Can't I?
No….?
殺りたいの
ダメ…?

こんな英語どこで使うのさ

3-E 特別授業
ギャル番長中村莉桜の"男子を殺シに落とす"英語術

逆セクハラ：counter sexual harassment

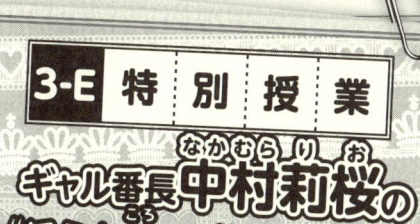

ビッチ先生が"女性を落とす英語"なら、私は女子向けの"男子を落とす英語"で授業をしようかな！

中村莉桜 DATA
E組一の英語力を持ち、1学期の期末テストでは学年1位を獲得。セクハラまがいの言動に覗きと、エロ要素は強め。

Aren't you thirsty? Here you go. Oh!? So now we just kissed indirectly.
喉かわいたでしょ はい あ!? 間接キスだね

indirect kiss：間接キス

We can be together all day long.
私たち、1日中一緒にいられるね

I just wanted to hear your voice.
ちょっと声が聞きたくなっただけ

Can I fall in love with you?
好きになっちゃ……ダメ？

I have never met anyone like you ♡
～くんみたいな人 はじめて♥

3-E 特別授業

イケメン: handsome

磯貝くんの英単語殺合わせ

磯貝悠馬 DATA
見た目も性格もイケメンな3-Eのリーダー。1学期期末の社会科テストで、五英傑を抜き学年1位となる。

俺の得意な社会の歴史年号を語呂合わせで覚えるように、英単語も"殺合わせ"で覚えてみよう。

でぶと借金
【debt=借金】
[dét] "b"は発音しないので注意!

鷹岡先生にでぶなんて言ったら、殺されそうだよな……。

- でぶ fat
- 烏間！
- よ
- 残虐 cruel

いさかいをスパッと解決！
【spat=いさかい】
[spǽt]

修学旅行では殺せんせーのしおりが大活躍したんだ……

- 修学旅行のしおり excursion guide
- 団結の力 power of unity

兄も師弟に敵意を持つ…
【animosity=敵意】
[ˌænəmάsəṭi]

イトナの触手を見た時の殺せんせー、超怖かったよな……。

- 青筋 blue veins
- 歯ぎしり teeth grinding

○英単語殺合わせ表
- 港でポーっとする【port=港】
- 〜でないと否定する【deny=否定する】
- ぼろを借りる【borrow=借りる】
- マーちゃんは商人【merchant=商人】
- ばぁばは床屋【barber=床屋】
- 民主主義でも暮らしはイマイチ【democracy=民主主義】
- 小さい鯛煮る【tiny=小さい】
- 見過ごせない神話【myth=神話】
- レジは怠け者の人【lazy=怠け者】
- 誠実な紳士や〜【sincere=誠実な】
- 著者は王さま【author=著者】
- 野球部とサッカー部は共通の顧問【common=共通の】

CHAPTER 3
第3章　基礎3
basic3

ここまで覚えれば
中学レベルは万全ですね！
*You can be confident
in junior high school English
once you master this chapter!*

3. 水曜日の賭け
The bet on Wednesday

3. 水曜日の賭け

「お前さあ、英単語やらなくていいのかよ」
「あ？」
　寺坂（てらさか）は吉田（よしだ）の投げかけに対して不機嫌そうに答えた。
「来週、テストなんだろ？　お前と渚（なぎさ）だけ」
　横で村松（むらまつ）がキシシシ、と笑うと、寺坂は背もたれに寄りかかってますます不機嫌になった。
「やる気出るかよ、ボケ」
「バカだなあ、どうせテストやらされるなら、タコの好きな賭けに持ちこんじまえよ」
「……？」
「定期試験の時みたいに、やる気が出るニンジンをくれって言えばいいじゃん。タコのことだからきっと乗ってくるぜ」

「……ほう。でもな、1本触手もらったってしょうがねえだろ」

「うーん……」

　そう返されて吉田と村松も黙ってしまった。

「いいこと教えてあげようか」

　そこに声をかけて来たのがカルマだ。

「何だよ」

「ビッチ先生とロヴロさんが烏間先生の模擬暗殺で競争してたことあったろ？」

「ああ。それがどうかしたのかよ」

「あの時、殺せんせーと烏間先生の間で賭けが成立してたっぽいよ。たぶん、烏間先生に真面目にやってもらうために殺せんせーがニンジンぶら下げたんだろ。烏間先生なら、触手1本じゃやる気出さなかっただろうな」

　寺坂はニヤリとした。

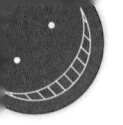

「そいつはおもしれえ。ちょっとタコに掛け合ってくらあ」
　さっそく立ち上がって職員室に向かった。

「たしかに烏間先生と賭けをしました。よく気づきましたね」
　殺せんせーは賭けのことをあっさり認めた。
「で、何を賭けたんだよ」
「烏間先生が勝ったら、私が１秒間じっとしてその間暗殺し放題、という約束でした」
「マジか？」
　寺坂は色めき立った。そんなチャンスをもらった生徒は今まで１人もいなかった。
「今度の英単語試験よ、満点取ったらそのごほうびをくれよ」
　殺せんせーは寺坂の顔をじっくり見てからヌルフフ

フ、と笑った。

「君が家庭科以外の勉強をやる気になったのは初めてですねぇ。いいでしょう、君のやる気を煽るため、その賭けに乗りましょう」

「よっしゃ！」

「ただし」

　殺せんせーは触手の指を2本立てた。

「寺坂君だけ満点じゃダメです。渚君と2人で満点を取らなきゃいけません」

「なんで2人なんだよ！」

「1秒間殺し放題っていうのは、先生にとってもけっこうなピンチです。ハードルは上げさせてもらいますよ」

　寺坂は殺せんせーのニヤニヤした顔を睨みながら考えた。

　──渚なら英語はもともとできるし、まあいいか。

「条件はそれだけだな？」

「はい」

「約束破んなよ」

「超生物に二言はありません」

　ガラッと音を立てて職員室の扉が開いた。烏間先生が青筋を立てて殺せんせーを睨みつけている。

「か、烏間先生、聞いてたんですか!」

　殺せんせーは烏間先生の姿に慌てた。

「寺坂君、君はこいつに騙されてるぞ」

「……どういうことだよ?」

「賭けに負けた後で知ったことだが、こいつはいざという時のために甲冑を用意してたんだ。頭から触手の先まですっぽり覆う、ごついやつな」

「なんだと……?」

　寺坂は殺せんせーを睨みあげる。

「にゅやッ、か、甲冑はヤフオクで売っちゃいました!嘘じゃありませんっ」

「ンなもん、売れるかボケっ、ごまかすんじゃねぇ！甲冑なしでやってもらうからな」

「甲冑なしで1秒間じっとしてたら、死んじゃうじゃないですか*!!*」

「ったりめーだろ、ぶっ殺すためにやるんだからな」

「せめて一刺しにしてもらえませんか……？　甲冑も着けないし、動かないですから」

　殺せんせーが冷や汗を流しながら、触手をすり合わせて懇願する。寺坂はうなずいた。

「しょうがねぇなあ。それで勘弁してやらぁ。これ以上ズルするんじゃねえぞ」

「じゃあ……こんなのはどうです？」

　殺せんせーが固い厚紙にサクッと文字を書いた。

英単語テスト満点→ナイフ一刺し

ひざまずいて懇願する
implore somebody on one's bended knees

「これで文句ないでしょう？」

「ふんっ」

　寺坂は殺せんせーの差し出した一刺し券を鼻息荒く受け取ると、職員室を出た。

「待て」

　廊下に出た寺坂を烏間先生が呼び止めた。

「このチャンスを無駄にするなよ」

「……おう」

　ちょっと間があってから、寺坂は返事をした。

特別授業 Special Lesson
基本的な動詞

第3章の特別授業は動詞です。ヌルフフフ、先生、ちょっと趣向を変えて、付録の赤ころシートで消える文字をこれまでの英単語から日本語訳にしてみました！

become	似合う、になる
変装する disguise	
call	を呼ぶ
catch	を捕える
ワンハンドキャッチする make a one-hand catch	
change	を変える、変わる
close	閉じる
come	来る
cook	を料理する
揚げティッシュ deep fried tissues	貧乏 poor

count	数える
cover	表面を覆う
持ち運べる portable	
cry	叫ぶ
cut	を切る
dance	踊る
do	行う
drink	を飲む
酔っぱらう get drunk	
あざむく deceive	
eat	を食べる

enjoy	を楽しむ
ニヤリと笑う grin	でも私はうれしい
enter	に入る
feel	感じる
fight	戦う
find	を見つける
目玉が飛び出す his eyes popped out	
fit	に合う
fly	飛ぶ
get	を得る
give	を与える
guard	を守る
have	を持っている
胸キュン get butterflies	
お姫様だっこ carried like a princess	
hear	聞こえる
help	を助ける
jump	跳びのく

keep	を取っておく
know	を知る
正直に認めましょう 君達は偉れない生徒になった	
頭をかく scratch his head	
laugh	笑う
learn	を習う
let	させてやる
like	を好む
listen	聞く
live	住む
love	を愛する
make	を作る
mark	に印をつける
meet	と出会う
おこづかい稼ぎ make some pocket money	おはよーみんなもおこづかい稼ぎ来たんだねっ
笑顔であいさつする greet with a smile	

mix	を混ぜる		show	を見せる
move	動く		恥じる ashamed / 隠し撮りする sneak a photo	
need	を必要とする			
open	を開ける			
paint	にペンキを塗る			
play	遊ぶ			
print	を印刷する			
pull	を引っ張る		sing	を歌う
push	を押す		sit	座る
put	を置く		sleep	眠る
read	を読む		speak	話す
repeat	を繰り返す		stand	立つ
return	帰る、戻る		stay	とどまる
宣言する declare			stop	止まる、をやめる
			買収する bribe / を口止めする muzzle	
ride	乗る		study	(を)勉強する
roll	転がる		swim	泳ぐ
run	走る		take	を取る
say	言う		賭け bet / を奪う deprive	
see	が見える			
seem	のように見える			
set	を置く、据える			

talk	しゃべる
teach	を教える
tell	を告げる

なんせ賞金百億かかっとっから 触手1本忘れないでよ殺せんせー?

賞金 prize

ウィンクする wink

thank	に感謝する
think	考える
touch	に触れる
try	を試みる

満点を取る get full marks

5教科っつったら国・英・社・理…

サッ

あと家だろ

家庭科 home economics

turn	回す、回る
understand	を理解する

変貌する transform

「君が君である理由を理解してる?」ってちゃんと言葉にして伝えてあげたら この理科すっごく喜ぶんです

use	を使う
wait	待つ

あおる kindle

遠慮は無用 ドンと来なさい

wake	目覚める
walk	歩く
want	を欲する
wash	を洗う
watch	(を)じっと見る

とりこになった charmed

なんて綺麗な先生だろう…って

演奏する perform

work	働く、を動かす
write	を書く

特別授業 Special Lesson

スポーツ・色

続いてはスポーツ・色です。体育の授業や南の島での夏期講習の時に起きた出来事、また、みなさんが目にした物や先生の顔・表情も英単語にしてみましたよ。

スポーツ：Sport

- baseball 野球 
- bunt バント
- soccer ball juggling リフティング
- soccer サッカー  
- spin スピン
- basketball バスケットボール
- assassination badminton 暗殺バドミントン 
- pole war 棒倒し 
- cops and robbers ケイドロ 
- rock climbing ロッククライミング 

●スポーツ英単語リスト

アメフト	american football	バイアスロン	biathlon
バレーボール	volleyball	ムエタイ	Muay Thai
ラクロス	lacrosse	腕相撲	arm wrestling
フェンシング	fencing	ビーチフラッグス	beach flags
ラグビー	rugby	ボルダリング	bouldering
アイスホッケー	ice hockey	ラート	wheel gymnastics
カーリング	curling	バブルフットボール	bubble football
ボブスレー	bobsleigh	チェスボクシング	chessboxing

色 : Color

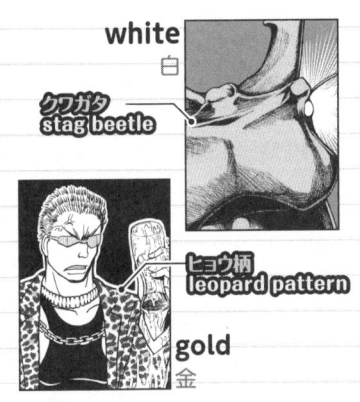

- **red** 赤 — 撫でる stroke
- **blue** 青 — ツイスターゲーム twister game
- **white** 白 — クワガタ stag beetle
- **gold** 金 — ヒョウ柄 leopard pattern

● 殺せんせーの状態から見られる色

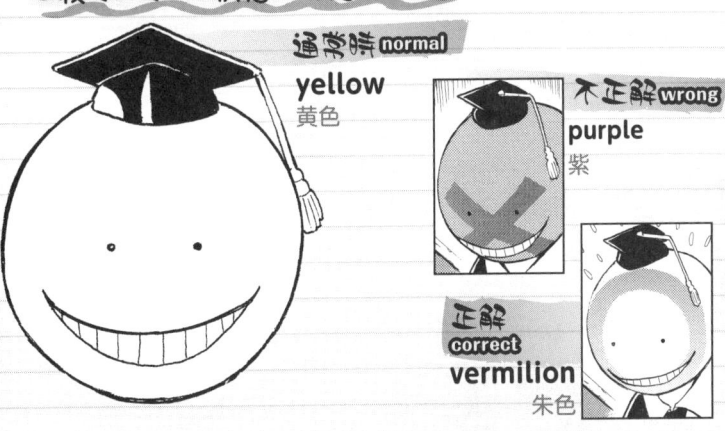

- **yellow** 黄色 — 通常時 normal
- **purple** 紫 — 不正解 wrong
- **vermilion** 朱色 — 正解 correct
- **striped green** 緑のしましま — ナメてる contemptuous
- **pale pink** 薄いピンク — 油断 careless
- **black** 黒 — ド怒り rage

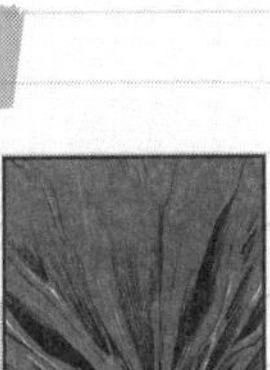

total
[tóʊtl]
名詞 ― ― 形容詞 ―
合計／完全な、合計の
例文 Our strategy ended in a total failure.
ぼくらの戦略は完全な失敗に終わった

pleasure
[pléʒɚ]
名詞 ― ― ― ―
楽しさ、喜び
用例 take pleasure in caring
手入れすることに喜びを見出す
類義語 pleasant：楽しい、（人が）感じの良い
類義語 pleased：喜んでいる

damage
[dǽmɪdʒ]
名詞 ― 他動詞 ― ―
被害・損害／に被害・損害を及ぼす
用例 cause/do damage to：〜に被害を及ぼす
例文 These special arms enable us to cause damage to our teacher.
これらの特殊武器によってぼくらはせんせーにダメージを与えられる

suddenly
[sʌ́dnli]
― ― ― 副詞
突然に
例文 Suddenly, he entered the classroom breaking the wall.
突然、壁を壊して彼は入ってきた
派生語 sudden：突然の

insist
[ɪnsíst]
― 自動詞 他動詞 ― ―
（を）主張する
例文 She insisted on her innocence.
She insisted that she is innocent.
彼女は無実を主張した

middle
[mídl]
名詞 ― ― 形容詞 ―
真ん中（の）
用例 in the middle of：〜の真ん中に
用例 middle age：中年

spend
[spénd]
― ― 他動詞 ― ―
（金）を使う、を過ごす、を費やす
例文 We spent five hours in Hawaii.
ぼくらはハワイで5時間を過ごした

名詞 自動詞 **他動詞** ― ― 訪問／(を)訪ねる

visit
[vízɪt]

用例 pay 人 a visit：人を訪問する

他動詞用法は目的語に人も場所もとることができます

名詞 ― **他動詞** ― ― 規則、支配／を支配する

rule
[rúːl]

例文 Our school is ruled by the chief director.
ぼくらの学校は理事長に支配されている

"It's my win. According to the **rules**, it's the death penalty for you. You won't have a second chance to kill me, will you?"

― ― ― **形容詞** ― いつもの

usual
[júːʒuəl]

例文 His head was not of its usual size yesterday.
昨日、彼の頭はいつもの大きさではなかった

派生語 usually：ふつうは

反意語 unusual：異常な

― **自動詞** **他動詞** ― ― を集める／集まる

gather
[gǽðɚ]

例文 Gather around, folks.
みなさんこちらへ集まって下さい

― ― ― **形容詞** ― 毎日の、日々の

daily
[déɪli]

用例 a daily newspaper：日刊新聞

用例 daily life：日常生活

名詞 ― **他動詞** ― ― 日付、デート／に日付を入れる、とデートする

date
[déɪt]

例文 The letter is dated July 13, 1987.
その手紙の日付は1987年7月13日だ

argue
[ɑ́ːgjuː]
自動詞 他動詞 口論する、議論する／〜と主張する

- **用例** argue with：〜と口論する
- **用例** argue about/over：〜のことで言い争う
- **用例** Professors argue that 〜
  教授陣は〜と主張している

cheap
[tʃíːp]
形容詞 安い、安っぽい

- **反意語** expensive：高い

"a cheap television" など "cheap" はモノについて「安い」という時に使いますが "price" や "pay" につく時は "low" を用います!

disappear
[dìsəpíə]
自動詞 消える、なくなる

"That's amazing, Sugino!! The ball curved as if it **disappeared**!!"

conscious
[kánʃəs]
形容詞 意識している、意識がある

- **例文** I became conscious of someone watching me.
  誰かに見られていることに気づいた
- **類義語** aware
- **派生語** consciousness：意識　self-conscious：自意識過剰な

cash
[kǽʃ]
名詞 現金

- **用例** in cash：現金で

case
[kéɪs]
名詞 事例、訴訟、箱

- **用例** in many cases：ほとんどの場合
- **用例** win/lose a case：勝訴／敗訴する

cause
[k'ɔːz]

名詞 — **他動詞** — — 原因・理由／を引き起こす

用例 cause and effect：原因と結果
例文 Smoking causes lung cancer.
喫煙は肺がんを引き起こす

safe
[séɪf]

— — — **形容詞** — 安全な

用例 safe to eat/drink
食べる／飲むのに安全な
派生語 safety：安全
反意語 dangerous, unsafe

> 名詞で「金庫」という意味もあります

dangerous
[déɪndʒ(ə)rəs]

— — — **形容詞** — 危険な

例文 She's so dangerous that she can literally "drink" bread.
彼女は文字通りパンを「飲みこむ」ので危険だ
反意語 safe

> "so ~ that …" の訳し方には「程度」「結果」「様態」などいくつかありますよ。辞書を引いてみるように！

raise
[réɪz]

— — **他動詞** — — を上げる、を育てる

例文 Raise your hand if you know the answer.
答えがわかる人は手を挙げなさい
例文 I was born and raised on Earth!
私は生まれも育ちも地球です！

agree
[əgríː]

— **自動詞** — — — 意見が一致する、賛成する

例文 I agree with you.
あなたに同意です
派生語 agreement：協定、合意

trouble
[trʌbl]

名詞 — — — — トラブル、危機、問題（点）

例文 You'll be in trouble if he catches you cheating.
カンニングがバレたらまずいことになるよ

duty
[d(j)úːṭi]

名詞 — — — — 義務

例文 Triumph is the duty of the chosen.
勝利は選ばれた者の義務である
類義語 obligation, responsibility

forever 副詞 いつまでも
[fərévɚ]
用例 forever and ever：永遠に

yet 接続詞/副詞 まだ（〜ない）、もう／それにもかかわらず
[jét]
例文 Have you killed him yet?
もう彼を殺したかい？
例文 We haven't killed him yet.
まだ殺してない

> このように疑問文では「もう」、否定文では「まだ」となります

proud 形容詞 誇りに思う、高慢な
[práʊd]
派生語 pride：誇り、プライド
例文 I'm proud of my students.
= I take pride in my students.
私は自分の生徒たちを誇りに思います

> ですが皆さんは誇って良い

"However, everyone should be **proud**."

smell 名詞/自動詞 におい、悪臭／においがする
[smél]
例文 I smell something sweet!
なにか甘いニオイがします！

sound 名詞/自動詞 音／〜に聞こえる
[sáʊnd]
例文 That sounds like a good idea.
その考えは良さそうだ

> 形容詞で『適切な、確かな』という意味もあります！ "sound advice" は "適切なアドバイス" です

secret 名詞/形容詞 秘密／秘密・機密の、ひそかな
[síːkrət]
例文 It's a secret that I'm an artificial creature.
わたしが人工的に作り出された生物であることは秘密です
用例 keep/reveal a secret：秘密を守る／漏らす

名詞 ▰▰▰▰▱

citizen
[sítəzn]

市民、国民、住民
用例 the citizens of Iruma：入間市民

名詞 ▰▰▰▰▱

way
[wéi]

方法・やり方、道、方向
用例 a way to kill = a way of killing
殺す方法
用例 in this way：このようにして
用例 the other way：反対方向

▱▱**他動詞**▱▱

send
[sénd]

を送る
用例 send a letter to him
= send him a letter：彼に手紙を送る

▱▱▱**形容詞**▱

sick
[sík]

病気の、具合の悪い
例文 He gets motion sick easily.
彼は乗り物酔いしやすい
派生語 sickness：病気、吐き気

名詞 ▰▰▰▰▱

energy
[énədʒi]

元気、エネルギー
用例 solar/nuclear energy
太陽 / 核エネルギー

名詞 ▰▰▰▰▱

space
[spéis]

空間、空き、宇宙
用例 clear a space：場所をあける
例文 He is not from space.
彼は宇宙から来たのではない

> 「宇宙空間」の意味では "space" に冠詞はつけませんよ

▱▱▱▱▱**副詞**

thus
[ðʌs]

（文を修飾して）したがって、このようにして
例文 Thus ended our summer vacation.
こうしてぼくらの夏休みは終わった

regular 形容詞
[régjʊlɚ]

定期的な、規則的な、通常の

- 用例 a regular customer：常連客
- 反意語 irregular：不規則の
- 派生語 regularly：定期的に　regulation：規則

minor 形容詞
[máɪnɚ]

小さな、少数派の

- 反意語 major
- 派生語 minority：少数派（⇔ majority）

wish 名詞・他動詞
[wíʃ]

希望／と願う、であったらよかったのにと思う

- 例文 I wish I were an octopus.
  自分がタコだったらなあ

"wish" が導く節の動詞は仮定法になります！

manner 名詞
[mǽnɚ]

やり方、態度、礼儀

- 用例 in the usual manner：通常のやり方で
- 用例 good/bad manners：行儀の良さ／悪さ

goal 名詞
[góʊl]

目標、ゴール

- 類義語 aim

real 形容詞
[ríː(ə)l, ríəl]

実際の、実在の、本当の

- 例文 For real?
  マジで？（= Are you sure?）
- 用例 real estate：不動産（業）
- 派生語 reality：現実　really：ほんとうに、実は

useful 形容詞
[júːsf(ə)l]

役に立つ、便利な

- 例文 His memos will be useful someday to kill our teacher.
  せんせーを殺すのに、いつか彼のメモが役に立つときがくる
- 反意語 useless：役に立たない

kill
[kíl]
他動詞 を殺す

"Let us hope you can **kill** me by graduation."

卒業までに
殺せるといいですねぇ

taste
[téɪst]
名詞 自動詞 味、趣味／の味がする

用例 have good/bad taste in ～
～の趣味が良い / 悪い

例文 This knife tastes a little metallic.
このナイフはちょっと金属っぽい味がします

conversation
[kÀnvɚséɪʃən]
名詞 会話

用例 have a conversation：会話する

religion
[rɪlídʒən]
名詞 宗教

派生語 religious：宗教的な、敬虔な

resemble
[rɪzémbl]
他動詞 と似ている

例文 The transfer student resembles our teacher.
転校生はせんせーに似ている

これは遺伝的な類似を言う時につかいます

appear
[əpíɚ]
自動詞 ～のように見える、現れる

用例 It appears that：～ということのようだ

例文 She appears to be wise.
彼女は賢そうだ

類義語 seem

hurry
[hʼə́ːri]

名詞 自動詞 ─ ─ 急ぐ、(be in a hurry で) 急いでいる

例文 Hurry up！
急げ！

attend
[əténd]

─ 自動詞 他動詞 ─ ─ に出席する、に通う、注意して聞く、世話をする

用例 attend school：通学する （attend to school は ×）

用例 attend to what he's saying：彼の話をちゃんと聞く（=pay attention to）

用例 attend to the baby：赤ん坊の世話をする（=look after）

while
[(h)wáil]

名詞 ─ ─ ─ 接続詞 〜している間に、〜だが一方で／しばらくの間

用例 for a while：しばらくの間

例文 While he destroyed the moon, he protects us.
彼は月は破壊したのに、ぼくたちのことは守ってくれている

みなさん "during" との違いを憶えていますか？

beauty
[bjúːți]

名詞 ─ ─ ─ ─ 美、美人

真面目でおしとやかでおまけに美人

彼女と同じ班で嫌な人なんていないだろう

神崎さんは目立たないけどクラス皆に人気がある

Ms. Kanzaki is diligent, ladylike and, what is more, she is a beauty.
She doesn't stand out, but she's popular with everyone in the class.
No one would dislike being in the same group with her.
"Please be nice to me, Nagisa."
"Y-yeah."

hero
[híːrou]

名詞 ─ ─ ─ ─ 英雄、ヒーロー

派生語 heroic：英雄的な

反意語 villain：悪役　heroine：ヒロイン

store
[stɔ́ːr]

名詞 ─ 他動詞 ─ ─ 店、貯蔵、倉庫／を保管する、を蓄える

用例 store up snacks for winter use
冬に備えておやつを蓄えておく

audience
[ˈɔːdiəns]

名詞 ― ― ― ― 聴衆、視聴者

用例 attract an audience
視聴者をひきつける

original
[ərídʒ(ə)nl]

― ― ― **形容詞** ― 当初の、独創的な

用例 the original number of his hands and feet：彼の手足のもともとの本数

派生語 origin：起源　originality：独創性

scene
[síːn]

名詞 ― ― ― ― 現場、場面、シーン

用例 the murder scene：殺人現場

派生語 scenery：景観　view：眺め

health
[hélθ]

名詞 ― ― ― ― 健康（状態）

用例 be in good/poor health
健康／不健康である

用例 health care：健康管理

派生語 healthy：健康（そう）な

equal
[íːkwəl]

― ― **他動詞** **形容詞** ― 等しい、平等・公平な／に等しい

用例 equal rights/opportunities
平等な権利／機会

派生語 equally：等しく　equality：平等

派生語 equivalent：同等の

finally
[fáɪnəli]

― ― ― ― **副詞** ようやく、最後に

派生語 final：最終の

cellphone
[sélfòʊn]

名詞 ― ― ― ― 携帯電話

類義語 mobile phone

"cell" は『細胞』や『電池』という意味ですが "cell" だけで『ケータイ』という意味にもなるんです

voice
名詞 ━━━━ 声
[vˈɔɪv]

interest
名詞 ━━━━ 興味、利子
用例 the interest on the loan
ローンの利子
派生語 interested：興味を持っている
派生語 interesting：興味ぶかい
[íntrəst]

desire
名詞 ━ 他動詞 ━━ 欲望／を強く望む
用例 desire to do
〜したいという欲望
用例 sexual desire
性的欲求
[dɪzάɪɚ]

"*But* I want to win Koro-Teacher.
I don't just want to fight well, I **desire** to win."

operate
━ 自動詞 他動詞 ━━ を操作する／動く、手術をする
例文 She is no longer operated by her master.
彼女はもはや開発者によって操られていない
類義語 work：動かす、動く
派生語 operation：手術、仕事
[άpərèɪt]

rise
名詞 自動詞 ━━━ 増加する、立ち上がる／増加
用例 rise by 3%：3%増加する (⇔ fall)
用例 rise from a chair：椅子から立ち上がる
[rάɪz]

brain
名詞 ━━━━ 脳
例文 His brain is filled with thoughts about Irumanju.
彼の脳みそは、いるまんじゅうのことでいっぱいだ
[bréɪn]

state
[stéɪt]

名詞 — **他動詞** — 状態、州、国家／を（はっきりと）述べる

用例 New York State：ニューヨーク州
例文 State your name and address.
氏名と住所を述べよ
派生語 statement：声明、発言　status：地位、身分

travel
[trǽv(ə)l]

名詞 **自動詞** — — 旅行（すること）、移動／旅する

例文 He travels around the world flying at Mach 20.
彼はマッハ20で飛びながら世界中を旅する
類義語 trip：旅行　tour：ツアー　journey：（長）旅

bring
[bríŋ]

— — **他動詞** — を持って行く、を持って来る、を引き起こす

用例 bring the book for you / bring you the book：あなたに本を持って来る
例文 A good sleep brought me health. よく寝て元気になった
注意 bring：相手のところへ物を運ぶ／take：相手のところから運ぶ

deny
[dɪnáɪ]

— — **他動詞** — を否定する、を拒否する

例文 Our teacher denied stealing brassieres.
せんせーはブラジャーを盗んだことを否定した

quick
[kwík]

— — — **形容詞** 速い

用例 a quick/slow learner
のみこみが速い／のろい
派生語 quickly：すばやく、すぐに（=soon）
類義語 fast

empty
[ém(p)ti]

— — — **形容詞** 空の、誰もいない、空いている

類義語 vacant ⇔ full

leave
[líːv]

— **自動詞** **他動詞** — （を）去る、を置いていく、をそのままにしておく、（を）辞める

用例 leave school：学校をやめる
用例 leave the door open
ドアを開けっ放しにしておく

名詞では『休暇』という意味にもなります

awake
[əwéɪk] 自動 / 形容詞

目覚める／目覚めて

用例 awoke one morning to find myself famous
ある朝目覚めると有名になっていた

反意語 asleep：眠って

> この "to 不定詞" は「結果」の "to 不定詞" と呼ばれます

famous
[féɪməs] 形容詞

有名な

参考 悪い意味で有名（悪名高い）という時には、infamous や notorious を用いる

pain
[péɪn] 名詞

痛み、苦痛

用例 have a pain in the head：頭が痛い
派生語 painful：つらい　painkiller：鎮痛剤

era
[í(ə)rə] 名詞

時代

用例 the end of an era：一時代の終わり

doubt
[dáʊt] 名詞 / 他動詞

疑い／を疑う

例文 I doubt he'll come.
彼が来るのは疑わしい＝来ないと思う

例文 I doubt it.
それは疑わしい＝そうは思わない

> "doubt" はこのように否定で訳すと、うまくいくことが多いです

consumer
[kənsúːmə] 名詞

消費者

派生語 consume：を消費する

例文 He's more of a consumer rather than a creator.
彼は創る人というよりも、むしろ消費する人だ

symbol
[símb(ə)l] 名詞

シンボル、象徴、記号

例文 The dove is a symbol of peace.
ハトは平和の象徴である

派生語 symbolic：象徴的な

build
[bíld]

他動詞 造る、建てる

用例 a house built of stone：石造りの家

派生語 building：建物、ビル

spot
[spát]

名詞 他動詞 場所、しみ／を見つけ出す

例文 There was a spot on his shirt.
彼のシャツにシミがついていた

例文 He's easy to spot even among this crowd.
彼はこんな人ごみの中でも容易に見つけられる

border
[bɔ́ːdə]

名詞 国境線、境界線

用例 across/over the border
国境の向こうに

類義語 boundary：境界線

avoid
[əvɔ́id]

他動詞 を避ける

例文 Have you been avoiding me?
私を避けてるの？

"Right there! Stab him!!"
"Dammit, even in this situation, he's being slippery and avoiding every attack!"

standard
[stǽndəd]

名詞 形容詞 基準、水準／標準の

例文 The students of 3-E are of a high standard.
3-E の生徒たちは高い水準にある

yard
[jáːd]

名詞 庭、ヤード（距離の単位）

類義語 garden

3-E 特別授業

竹林くんのメイド喫茶で英会話

二次元: two dimensional
調教: discipline

竹林孝太郎 DATA
代々病院を経営している家庭に生まれ、その豊富な知識で活躍する一方、二次元とメイド喫茶を愛する一面も。

僕の大好きなメイド喫茶を授業にしてみました。フフフ、みんなも行きつけのお店で使ってみるかい?

基本編

入店時の対応や注文時の会話などメイド喫茶を楽しむための基本的な会話を身につけましょう

お帰りなさいませ、ご主人様
Welcome back home, my master.

うむ、今帰ったぞ
Yes, I just got back.

ご注文はお決まりでしょうか?
May I take your order, master?

では、この萌え萌えオムライスとやらを1つ
I'll take this MOE-MOE omu-rice.

ご主人様の威厳 / master's dignity

ご主人様、そろそろお時間ですが…
Excuse me, it's about the time to leave, my master.

なに!?30分延長だ!
What!? 30 minutes extension, then!

ご主人様の命令 / master's command

応用編

メイド喫茶を満喫するために欠かせない会話を紹介します
ご主人様になりきってみましょう

ご一緒に記念撮影はいかがですか？
Would you like to take a picture with me?

ご主人様の悦び master's pleasure

では、ハートポーズで頼む
Yes, please make a heart shape using our hands.

ご主人様の趣向 master's taste

オムライスには何をお書きしましょう？
What words would you like me to write on the omu-rice with ketchup?

Dを1つ失うことから、女は始まる、で…
A girl becomes a true girl when she loses a dimension.

調教編

メイドの調教は男の夢ですが
二次元に留めておきましょう…
ご使用にはくれぐれも気をつけて

どうれ…がんばった褒美をとらすぞ
Here, I will give you a reward for your service.

やさしくしてくださいね……
Please be kind...

お前の立場を言ってみろ!!
Tell me what you are!!

はい！ご主人様の犬でございます!!
I'm your dog, my master!!

ここまで言えれば調教完了…

お店で言えるわけね〜だろ!!

3-E 特別授業

あざとい: calculating

自律思考固定砲台のあいさつ英語

協調には挨拶が欠かせません。そこで私は、椚ヶ丘中学と一般の中学とで異なる挨拶を紹介しますね。

自律思考固定砲台 DATA
AIを搭載したノルウェーからの転校生兼暗殺機械。協調性を重視し、開発者の意向に逆らった機械全般に精通する。

HRを始めます 日直の人は号令を!
We will now start homeroom. Who's on duty today?

ふつうの先生の場合 Normal Version

座ったままで結構ですので出欠を取ります
You may **stay seated**, but I will now take the roll.

テストが終わった者から今日は帰って良し!!
You are dismissed once you **finish the test**.

明日は晴れるといいですねぇ
It would be great if **it's sunny** tomorrow.

夏休みも沢山遊び沢山学び、そして沢山思い出を作りましょう!!
In this summer vacation, let's play much, study much, and **create a lot of memories**, too.

一般的な先生のあいさつですね

殺せんせーの場合 Koro-Teacher Special Version

発砲したままで結構ですので出欠を取ります
You may **continue firing**, but I will now take the roll.

殺せた者から今日は帰って良し!!
You are dismissed once you **finish killing** me.

明日は殺せるといいですねぇ
It would be great if **you can kill me** tomorrow.

夏休みも沢山遊び沢山学び、そして沢山殺しましょう!!
In this summer vacation, let's play much, study much, and **kill a lot**, too.

常に暗殺を意識した個性的なあいさつです

これにて終業!! Class dismissed!!

CHAPTER 4
第4章　中級1
medium1

さぁ ここからが
学年トップクラスへの階段だ

Now, this is the start of the stairway to the top.

4. 先生達が張りきる木曜日
Teachers enthusiastic on Thursday

4. 先生達が張りきる木曜日

 多目的室に置いてある電子ピアノの前に、ビッチ先生が座っている。プラスチックの鍵盤もこの人に奏でられると名器に化ける。ジャラララン、と軽く音階を弾いて振り向いたビッチ先生の姿に、渚は普久間殿上ホテルで警備をかいくぐって潜入した時のことを思い出した。あの時、幻想即興曲を弾いていたビッチ先生は神々しいほどに美しかった。
「どうしてじっと見るのかしら？」
 ぴっちりしたシャツとタイトスカートは、ビッチ先生のボディラインを強調している。見慣れた光景だが、ホテルでの演奏を思い出した渚はちょっとドギマギした。
「いえっ、その……なんでもないです」
「あんた達2人を呼んだのはなぜだかわかる？」
 ビッチ先生は足を組み直しながら尋ねた。渚は緊張してつばを飲みこむ。
「ふふ、知ってるのよ」
 ビッチ先生は意味深に微笑んだ。
「な、なんなんだよ。何もたくらんでねーぞ」

寺坂も緊張して声が上ずった。
「寺坂君、それは嘘だよね」
　寺坂はジロッと渚を睨んだ。
「2人とも英単語週間なんですってね」
　渚はほっと息を吐いた。
「なんだ、それですか」
「カラスマから聞いたわよ。英単語を覚えるには、コツがあるからそれを教えてあげようかしらと思ったの」
「もったいぶるなよ」
　寺坂がビッチ先生を急かした。
「この曲知ってる?」
　ビッチ先生がピアノを軽やかに弾いた。渚には聞き覚えのあるメロディだ。
「軽快な曲でしょ？　この曲に合わせて、英単語を歌うのよ。私の祖国は英語圏ではないけれど、子供の時、ラジオから流れるこの曲で初めて英語を覚えたのよ」
　ビッチ先生がフォスターの『草競馬』のメロディに乗せて、歌を歌い始めた。馬が駆ける軽快なリズムと競馬場のファンファーレが楽しい曲だ。
「これね、元は競馬の様子を歌った歌なんだけど、今のは替え歌よ。最初は意味なんか知らなくて、英語だってこ

とだけで夢中で覚えたものよ。後から意味を知って笑ったけどね」
「ひょっとして聞いたことあるかも、って単語がありました」
「あら、英語の成績がいいだけはあるわね。振りつきで歌うとよけい覚えやすいわ」
　ビッチ先生は椅子から立ち上がって体のあちこちを指さしながら、アカペラで歌う。
「２人とも、私と一緒にやるのよ」
　なんだかわからないまま、渚と寺坂はビッチ先生のするのをまねて歌い、頭を振ったりお尻を振ったりする。
　何度も繰り返しているうちに、意味が分からなくても歌詞が口をついて出るようになったのを渚は感じた。ふと横を見ると、寺坂は思いのほか真面目に振りをこなしている。

「ビッチ先生、この歌、どんな意味なのか教えてよ」
「ええとね、こんな歌詞なのよ。

　鼻の下の　２つの赤いものはなあに？
　くちびるよ　くちびるよ　やさしくキスしてね
　足の上の　２つのおおきなボールはなあに？
　おしりよ　おしりよ　まあるくなでてね

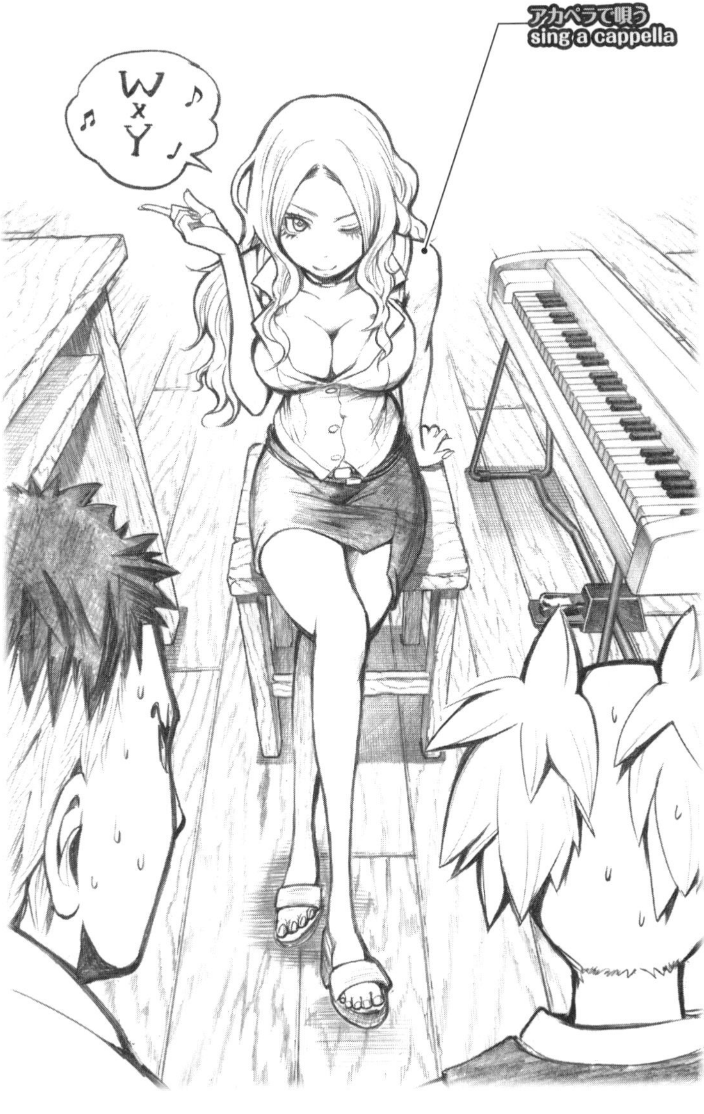

W x Y
アカペラで唄う
sing a cappella

おへその上の　２つのボールはなあに？
　　おっぱいよ　おっぱいよ　ゆっくり食べてね
　　おへその下の……　そこまでよ坊や」

「なんだそりゃ！」
　寺坂が思わず突っこんだ。

「──つうか、あんな歌教わっても、『殺たん』に載ってないから意味ないじゃん」
「まあそうだけど、単語を覚えるコツを教えてくれたってことで。寺坂君、けっこう楽しそうだったじゃない」
「んだとゴラァ」
　寺坂は大きな声を出した。
「替え歌なんか作るの面倒だろ。ンなこと言うならお前が作れよ。来週の月曜までに覚えなきゃいけねーんだからよ」
「……寺坂君、やけにやる気出してるね」
「そりゃ、『一刺し券』がかかってるんだからな」
　定期入れから厚紙に書かれた手製の券を出した。
「……なにそれ!?」
「お前とオレが来週の英単語テストで満点取ったら、あの

タコに一刺しできるんだよ。オレが」
「えっ！　そういう大事なこと、早く言ってよ！　しかも寺坂君だけ？」
「当然よ。オレが掛け合って勝ち取ったんだからな」
　渚は軽く落ちこんだ。
「一刺しで殺せるほど甘くねーだろうけどよ、もし満点取って殺せたらお前にも分け前はやるぜ。1000万ぐれーはな、へへへ」
　廊下でそんな話をしていると、向かいから烏間(からすま)先生がやってきた。
「さっそく協力してるんだな、2人とも」
「あ、はい……」
　渚は小さな声で答えた。
「俺も手伝おう。お、前原(まえはら)君、ちょうどいいところに来た」
　いそいそと前原がやってくる。
「この2人が英単語を覚えるのに協力してくれるか？」
「いいっすよ」
　前原は気軽に答えた。
「スポーツや格闘技の用語には英語がたくさん使われている。そういう馴染みやすいものから覚えていくといい。例えば……ちょっとボクシングスタイルでパンチを出して

みてくれないか」
「殴るんですか?」
「そう、ジャブとストレートあたりでいい」
　前原は烏間先生のことを信じてパンチを繰り出す。烏間先生は頭を沈めて前原のパンチを避けた。
「これがダッキング。もうちょっとパンチ出してみろ。もっと速くていいぞ」
「いきますよ」
　今度は前原のパンチが速さを増した。だが、烏間先生は頭を左右に振って難なくかわした。
「これがウィービング。ダッキングはアヒルみたいに頭をかがめること。duckはアヒルだ。ウィービングは機を織るように左右に振る動作。weaveは織る、という意味だ。こんどはレスリング技でいくぞ」
　烏間先生は前原の腕を引っ張りこんで、自分の体を倒しながら前原をふわりと投げた。
「うおっ」
　前原は１回転して廊下の床に投げられた。
「受け身取れたか?」
「は、はい、大丈夫です」
「今のはアームドラッグという技だ。腕(arm)を引っ張る

(drag)という意味だ。レスリングや総合格闘技で出てくる技だ。わかりやすい名前だろ?」
「はい……」
　渚は投げられた前原のことがだんだん心配になってきた。烏間先生はさらに前原の背後に回って腕を取り、肘の関節をきめた。
「こうして自分のわきに相手の腕を抱えてきめれば、相手の反撃を食うこともない」
「……戦闘術の授業になってません?」
「あっ、すまん。大丈夫か」
　烏間先生はわき固めをほどくと、床を叩いていた前原を気遣った。
「な、なんとか」
「ちなみに、今の前原君の動作は英語で言うとtap outだ」
　烏間先生は爽やかに微笑んだ。

特別授業 Special Lesson
副詞・前置詞・接続詞

基本的な英単語を学ぶ『殺たん』の特別授業もこれがラストです。ここでは、副詞・前置詞・接続詞、それぞれの代表的な単語を学んでいきましょう。

副詞：adverb

again	再び		later	後で
ago	前に		maybe	たぶん
ahead	前方に		much	とても
along	沿って		never	まったく…ない
always	常に		off	離れて
aside	わきに		often	しばしば
away	離れて		once	一度
back	後ろに		out	外へ
			so	そのように
			soon	まもなく
			then	その時
			there	そこに
			together	ともに
			too	〜も
			up	上へ
			very	非常に
besides	…のほかに(も)		yet	まだ、もう
down	下へ			
ever	いつも、いつか			
inside	内部に			

殺し比べてみればわかりますよ
彼女とあなたどちらが優れた暗殺者か
殺し比べ compare abilities with each other

前置詞：preposition

前置詞はぜひ辞書を引いてみましょう！

about	…について		from	…から
above	…の上方に		in	…の中に
across	…を横切って		into	…の中へ
along	…に沿って		of	…の
among	…の間に		on	…の表面に
around	…の周囲に		onto	…の上へ
behind	…の後ろに		upon	…の上に
below	…の下に		through	…を通って
beneath	…の下に		throughout	…じゅうに
beside	…のそばに		to	…へ
between	…の間に		toward	…の方へ
beyond	…を越えて		under	…の下に
by	…のそばに		with	…とともに
for	…のために		within	…以内で
			without	…なしで

接続詞：conjunction

after	(…した)後に		or	または
although	…であるが		than	…よりも
as	…のように		therefore	それゆえに
because	なぜなら		though	…だけれども
before	以前に		till	…まで
but	しかし		unless	…でない限り
however	しかしながら		until	…まで
if	もしも…ならば		whereas	…であるのに
			whether	…かどうか

track
[trˈæk]

名詞 — 他動詞 — — (通った)跡、(競技)トラック、小道／を追跡する

用例 octopus' tracks
タコの通った跡

用例 track the footprints
足跡をたどる

車の『トラック』の綴りは"truck"ですよ！

invite
[ɪnváɪt]

— — 他動詞 — — を招待する

例文 She finds it hard to invite him for a meal.
彼女はなかなか彼を食事に誘えないでいる

派生語 invitation：招待(状)

flat
[flˈæt]

— — — 形容詞 — 平らな

用例 flat tires：パンクしたタイヤ

類義語 level：水準、平らな

例文 Her breasts are flat.
彼女の胸はひらべったい

gentle
[dʒéntl]

— — — 形容詞 — 優しい、温厚な

類義語 kind：親切な

派生語 gentleman：男性、紳士

detail
[dɪtéɪl]

名詞 — 他動詞 — — 細部、詳細／を列挙する、詳述する

用例 the details of his face
彼の顔面の細部

用例 detail the events
その出来事について洗いざらい話す

wear
[wéɚ]

— — 他動詞 — — を着ている、を身につけている

用例 wear a wig to disguise oneself
変装のためカツラをかぶる

用例 wear out：すり切れる（自動詞用法）

male
[méɪl]

名詞 — — 形容詞 — 雄、男性／男性的な、男の

反意語 female

例文 She's good at attracting the stare of male eyes.
彼女は男性の視線を惹く術に長けている

act
[ǽkt]
名詞 **自動詞** — — —
行為、法律／行動する、ふるまう
類義語 behavior：ふるまい、態度
派生語 actor：俳優

truth
[trúːθ]
名詞 — — — —
真実、真理
用例 tell/hide the truth
本当のことを言う／真相を隠す

handle
[hǽndl]
— — **他動詞** — —
を処理する、を担当する、を操る、を取り扱う
例文 He handled the situation very well.
彼はとてもうまく状況に対処した
類義語 deal with

deliver
[dilívər]
— **自動詞** **他動詞** — —
(を)配達する、(スピーチなど)をする
用例 deliver a speech/lecture
スピーチ／講義をする
派生語 delivery：配達、出産

"...Huh?"
"Takebayashi is going to **deliver** a speech again?"
"I've got a bad feeling."
"What?"

hire
[háiər]
— **自動詞** **他動詞** — —
(を)雇う
例文 She pretended being hired as a pianist.
彼女はピアニストとして雇われたように見せかけた

notice
[nóutis]
名詞 — **他動詞** — —
注目、予告／に気づく
用例 take notice/no notice of
〜に気を配る／見向きもしない

indeed
[ɪndíːd] 副詞

(文修飾で) 実のところ、たしかに、もちろん

例文 A friend in need is a friend indeed.
まさかの友は真の友

generation
[dʒènəréɪʃən] 名詞

世代

用例 generation gap
ジェネレーションギャップ

派生語 generate：を生み出す

shake
[ʃéɪk] 自動詞 他動詞

震える／を振る

用例 shake with fear/laughter
恐怖で震える／身を揺すって笑う

stock
[sták] 名詞

在庫（品）、株（式）、蓄え、家畜

用例 in/out of stock：在庫がある／品切れ

例文 He has a large stock of knowledge.
彼は博識だ

派生語 stock market：株式市場

value
[vǽljuː] 名詞 他動詞

価値／を重んじる

派生語 valuable：有益な

例文 The chief director values victory over anything.
理事長は何よりも勝利を重んじる

according to
[əkɔ́ːdɪŋ tə] 副詞

…によれば

用例 according to him：彼によると

注意 according to my opinion とは言えません! 自分の意見を言う時は "in my opinion" を使いましょう

familiar
[fəmíljə] 形容詞

なじみの

例文 Our teacher is familiar even with motorcycles.
せんせーはオートバイにすら詳しい

process
[práses]

名詞 — **他動詞** — — 過程、プロセス／を加工・処理する

用例 process data/information
データ／情報を処理する

design
[dɪzáɪn]

名詞 — **他動詞** — — デザイン、設計、模様／を設計する

例文 The building was designed by a German architect.
そのビルはドイツ人建築家によって設計された

"But actually, I wanted you to draw a cool **design** on me normally…"
"I-I'm sorry! I'll draw one with normal henna, okay?"

delay
[dɪléɪ]

名詞 **自動詞** **他動詞** — — 遅れ／を遅らせる／遅れる

類義語 defer, put off：を延期する

reveal
[rɪvíːl]

— — **他動詞** — — を明らかにする

用例 reveal how he was planted those tentacles
いかにして触手を植え付けられたのかを明かす

borrow
[bárou, bɔ́ːr-]

— — **他動詞** — — を借りる

例文 Can I borrow your gun？
ちょっと銃貸して？

移動可能なものを借りるときに使います！
トイレやプールなどを『借りる』ときは
"Can I use ～?" を使いましょう

occasion
[əkéɪʒən]

名詞 — — — — 場合、機会、回数

用例 on several occasions：たびたび
例文 It was in this class that we gained the occasion of assassination.
ぼくらが暗殺の機会を得たのは、この教室でだった

名詞 ─ ─ ─ ─　冗談

joke
[dʒóʊk]

用例 practical joke：(物理的な) イタズラ

"She looks like she can make wicked potions, chloroform and whatnot.
I'll be able to do so many more practical **jokes**."
"...I really hope you guys won't team up."

─ ─ 他動詞 ─ ─　を盗む

steal
[stíːl]

例文 He stole money from the teacher's wallet.
彼はせんせーの財布からお金を盗んだ

─ ─ 他動詞 ─ ─　のほうを好む

prefer
[prɪfˈɚː]

例文 I prefer novels to poetry.
詩よりも小説が好き

"prefer" "junior／senior" など比較に "than" ではなく "to" を用いるのは ラテン語源なんです！

─ ─ 他動詞 ─ ─　を受け取る、を認める

accept
[əksépt]

類義語 receive：を受け取る、受理する

名詞 ─ 他動詞 ─ ─　座席／席につかせる

seat
[síːt]

例文 He seated himself on the bench.
彼はベンチに腰掛けた

用例 take a seat：座る

─ ─ 他動詞 ─ ─　を解決する

solve
[sálv, sˈɔːlv]

用例 solve a problem/crime
問題を解く、犯罪事件を解決する

派生語 solution：解決策

fat
[fˈæt]

名詞 — — **形容詞** — 太った／脂肪

反意語 thin, skinny：やせた

hurt
[hˈɚːt]

— **自動詞** **他動詞** — — 痛い／を傷つける

例文 I hurt my arm.
腕を痛めた（= injure, wound）

例文 My head still hurts.
まだ頭痛がする（=ache）

thick
[θík]

— — — **形容詞** — 厚い、濃い

用例 a thick fog：濃霧
派生語 thickness：厚み
類義語 dense：濃い
反意語 thin：薄い

sweep
[swíːp]

— — **他動詞** — — を掃く

用例 sweep away dust with a broom
ほうきでほこりを払う

motion
[móʊʃən]

名詞 — — — — 運動、動作

用例 motion sickness：乗り物酔い

diet
[dάɪət]

名詞 — — — — 食事、食生活、ダイエット

用例 a healthy/poor diet
健康的な／粗末な食事

用例 be/go on a diet
ダイエットをしている／する

日本の「国会」は "the Diet" といいます

latter
[lˈætɚ]

名詞 — — **形容詞** — 後者（の）

例文 I prefer the latter offer to the former.
前者よりも後者の提案をとる

注意 later[léɪtɚ]：あとで

weapon
[wép(ə)n]

名詞 武器、兵器

用例 carry a weapon：武器を携帯する

> One and two and three and four and...
> "I wish the students didn't have **weapons**..."
> "Be careful to swing your knives precisely from eight directions!!"

生徒の武器が無ければですが

text
[tékst]

名詞 文章、教科書

用例 the whole text of his speech
彼のスピーチの全文

serious
[sí(ə)riəs]

形容詞 深刻な、本気の

用例 serious problem/shortage/illness
深刻な問題 / 深刻な不足 / 重病

arrest
[ərést]

名詞 / **他動詞** 逮捕／を逮捕する

用例 be arrested for speeding
スピード違反で捕まる

worry
[wˈəːri]

名詞 / **自動詞** 心配する／心配事

用例 worry about trifles
つまらぬことでくよくよする

派生語 worried：心配した、心配そうな

fill
[fíl]

自動詞 / **他動詞** いっぱいになる／を満たす

用例 fill a backpack with unnecessary odds and ends
不必要なあれこれでリュックをいっぱいにする

dozen
[dʌ́zn]
名詞 — — — —
1ダース
- **用例** a dozen of：1ダース（12個）の
- **用例** dozens of：何十もの

bite
[báit]
名詞 **自動詞** **他動詞** — —
(を)噛む／噛むこと
- **用例** biting cold：ぴりぴりくる寒さ
- **例文** Another one bites the dust.
  また一人くたばっちまう

"bite the dust" で「死ぬ」という意味です

fall
[fɔ́ːl]
名詞 **自動詞** — — —
落下、秋／落下する、転ぶ
- **用例** fall down onto the net of tentacles
  触手の網の上に落ちる
- **用例** fall apart：ばらばらになる

policy
[pɑ́ləsi]
名詞 — — — —
政策、信条
- **派生語** politics：政治　political：政治の

present
名詞：[préznt]
動詞：[prizént]
名詞 — **他動詞** **形容詞** —
贈り物／出席している／を贈呈する、を提出する
- **例文** They presented the movie report to the teacher.
  彼らは映画の感想文を先生に提出した

アクセントの移動に注意です！

obvious
[ɑ́bviəs]
— — — **形容詞** —
明らかな
- **例文** It is obvious that the author likes parodies.
  この著者がパロディー好きだということは明らかだ
- **派生語** obviously：明らかに

president
[prézədənt]
名詞 — — — —
大統領、社長
- **派生語** preside：主宰する
- **派生語** presidential：大統領の

他動詞 〜に保証する、〜だと確信する

assure
[əʃʊ́ɚ]

例文 The doctor assured me that she'll be fine.
医師は彼女がよくなると私に保証した

例文 I'm assured of his innocence.
彼の無罪を確信している

名詞 自動詞 目標、目的／目指す

aim
[éɪm]

用例 aim to do：することを目指す

"aim" には前置詞の "at" "for" がつきますよ

"My **aim** is to create a society consisted by 5% of lazy people and 95% of hard workers."

私が目指すのは5％の怠け者と95％の働き者がいる集団です

形容詞 いとわない、かまわない、したがる

willing
[wílɪŋ]

例文 Our teacher is willing to play baseball.
せんせーは野球をしたがっている

形容詞 頻繁な

frequent
[fríːkwənt]

派生語 frequently：しょっちゅう

派生語 frequency：頻度

形容詞 野生の、乱暴な

wild
[wáɪld]

用例 wild animals：野生動物

用例 go wild：熱狂する

反意語 domesticated, tame
飼い馴らされた、家畜化された

名詞 富

wealth
[wélθ]

派生語 wealthy：裕福な ⇔ poor

burn
[bˈəːn]

自動 他動 燃える、焦げる／を燃やす、をやけどする、を焦がす

- 例文 I burned my hand.：手をやけどした
- 例文 The toast has burned black. トーストは黒こげになった

exchange
[ɪkstʃéɪndʒ]

名詞 他動 交換、両替／を交換する

- 用例 exchange A for B　AをBと取り替える
- 用例 exchange words/seats　言葉を交わす／席をかわる

twice
[twάɪs]

副詞 二度、二倍

- 用例 twice a week：週に二度
- 用例 twice as many/much：二倍の数、量
- 用例 twice the size/number　二倍の大きさ／数

sex
[séks]

名詞 （生物学的な）性（別）、性行為

- 用例 sex appeal：性的魅力
- 類義語 gender：性、ジェンダー
- 派生語 sexual：性的な

steady
[stédi]

形容詞 安定した、絶え間ない、徐々の

- 例文 His flying speed is steady at Mach 20. 彼の飛行速度は一定してマッハ20である

bank
[bˈæŋk]

名詞 銀行、岸

- 用例 river bank：川岸
- 類義語 shore：岸

perhaps
[pɚhˈæps]

副詞 たぶん、もしかすると

- 例文 Isn't he coming? Perhaps not. 彼は来ないのかね？たぶんね
- 類義語 maybe

prevent
[prɪvént] 他動詞

を防ぐ

例文 Our teacher prevented us from being injured.
せんせーはぼくらが怪我するのを防いだ

violence
[vάɪələns] 名詞

暴力（行為）

用例 domestic violence：家庭内暴力
派生語 violent：暴力的な
派生語 violate：に違反する、を侵害する

own
[óʊn] 他動詞 形容詞

自分の／を所有する

例文 She has her own way of eating bread.
彼女には彼女のパンの食べ方というものがある

派生語 owner：所有者、オーナー

escape
[ɪskéɪp] 自動詞 他動詞

（から）逃げる

例文 He escaped from the bottom class.
彼は最底辺のクラスから脱出した

graduate
名詞：[grǽdʒuət]
動詞：[grǽdʒuèɪt]
名詞 自動詞 他動詞

卒業生／(を) 卒業する

用例 He graduated from the University of Tokyo in 2012.
彼は2012年に東京大学を卒業した
派生語 graduation：卒業

名詞と動詞で発音がかわります！

gradually
[grǽdʒuəli] 副詞

徐々に

反意語 suddenly：急に

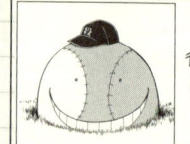

徐々に

encourage
[ɪnkə́ːrɪdʒ] 他動詞

を励ます

例文 Our teacher encourages us to kill himself.
せんせーは自分を殺すようにとぼくらを励ます

struggle
[strʌ́gl]

他動詞 奮闘する、もがく

例文 The boy struggled to show his strength.
少年は自分の強さを見せつけようと必死だった

project
名詞：[prάdʒekt] 動詞：[prəd́ʒ-]

名詞 他動詞 計画、事業／を予測する、を映写する

用例 a projected population growth
推定される人口増加

"However, before **projecting** this and that...
Let us watch Ms. Irina's job to the end."

名詞と動詞の発音の違いに注意です！

enable
[ɪnéɪbl]

他動詞 を可能にする

例文 This bullet enables us to injure him.
この弾丸のおかげでぼくらは彼にダメージを与えられる

instead
[ɪnstéd]

副詞 かわりに

例文 Should I go instead?
私がかわりに行きましょうか？

用例 instead of：〜ではなく

type
[táɪp]

名詞 自動詞 他動詞 タイプ、種類／(を) 打つ・タイプする

例文 Type your password.　パスワードを入力して下さい
例文 I don't like this type of assassin.
このタイプの暗殺者は好きではない

派生語 typical：典型的な　typically：たいていは

area
[é(ə)riə]

名詞 (漠然と) 地域、範囲

類義語 region：(かなり広い) 地域
類義語 district：(行政的に区分された) 地区
類義語 zone：(区別された何らかの) 地帯

invent 他動詞
[ınvént]
を発明する
派生語 invention：発明（品）

disaster 名詞
[dızǽstɚ]
災害、大失敗
用例 a nuclear disaster：核災害
派生語 disastrous：災害を引き起こす、悲惨な

contribute 自動詞 他動詞
[kəntríbjʊt]
貢献する／を寄付する
例文 She can contribute by using her sexual charm.
彼女は色仕掛けで貢献することができる

complete 形容詞
[kəmplíːt]
完全な、まったくの
用例 the complete works of García Márquez
ガルシア＝マルケスの全集
用例 a complete waste of time
まったくの時間の無駄

fun 名詞
[fʌ́n]
楽しみ
用例 have fun：楽しむ
注意 fan：ファン、扇風機、扇

intelligence 名詞
[ıntélədʒəns]
知能、知性
用例 high/low intelligence：高い／低い知能
派生語 intellectual：知的な
派生語 intelligent：知能が高い

「スパイ」という意味もありますよ

frame 名詞 他動詞
[fréım]
枠、縁、骨組み／を額に入れる
用例 a picture/window frame：額縁／窓枠
注意 flame：炎

planet
[plǽnɪt]

名詞 ーーーー 惑星、(the planet で) 地球
- **派生語** planetarium：プラネタリウム
- **例文** This planet may be destroyed by this time of next year.
  来年の今頃は、地球は破壊されているかもしれない

schedule
[skédʒuːl]

名詞 ー **他動詞** ーー 予定、スケジュール／を予定する
- **用例** on/ahead of/behind schedule
  予定通り / より早い / 遅い

> "Nice to meet you. I'm the very man who blew up the moon, and I'm also **scheduled** to blow up Earth next year. Seeing as I've become your homeroom teacher, I look forward teaching you all."

spirit
[spírɪt]

名詞 ーーーー 精神、気分
- **用例** be in high/low spirits
  上機嫌 / 不機嫌である
- **派生語** spiritual：精神的な、宗教的な

habit
[hǽbɪt]

名詞 ーーーー 習慣、癖
- **用例** make a habit of doing
  習慣的に〜する
- **類義語** custom：(社会的) 慣習、tradition：伝統
- **派生語** habitual：習慣的な

trend
[trénd]

名詞 ーーーー 傾向、流行
- **例文** It is his current trend to use olive oil.
  オリーブオイルを使うのが最近の彼のトレンドだ

mistake
[mɪstéɪk]

ーー **他動詞** ーー 間違い
- **類義語** error

日本語の『ミス』はこれにあたります

divorce
[dɪvˈɔːrs]
名詞 自動詞 他動詞 ー ー
離婚／(と) 離婚する
用例 get a divorce：離婚する

suppose
[səpóʊz]
ー ー 他動詞 ー ー
と思う
例文 We supposed that he was a dishonest man.
ぼくらは彼をうさんくさい奴だと思っていた

hide
[háɪd]
ー 自動詞 他動詞 ー ー
隠れる／隠す
例文 He was hidden behind the trees.
彼は木の後ろに隠れていた

profit
[prάfɪt]
名詞 自動詞 ー ー ー
利益／利益を得る
用例 turn a profit：利益を上げる
例文 We made quite a profit at the summer festival.
ぼくらは夏祭りでおおいに稼いだ

species
[spíːʃiːz]
名詞 ー ー ー ー
(生物学上の) 種
例文 There are over 100 species of octopuses in the world.
タコには100以上もの種類がある

technical
[téknɪk(ə)l]
ー ー ー 形容詞 ー
(科学) 技術の、専門的な
用例 a technical term：専門用語
派生語 technically：(文修飾で) 厳密に言えば

"You need **technical** skills and personal connection to carry out professional work. You kids just keep out and watch and learn."

技術も人脈も全て有るのがプロの仕事よ

ガキは外野でおとなしく拝んでなさい

warn
[wˈɔːrn]

他動 に警告する

例文 Our teacher was warned not to miss the thieves.
せんせーは捕まえた泥棒を逃がすなと警告された

offer
[ˈɔːfə]

名詞 **他動** を提供する、を差し出す、を申し出る／申し出、オファー

例文 She offered me a help.
彼女は援助を申し出てくれた

trust
[trˈʌst]

名詞 **他動** 信頼／を信用する

例文 I trust you to kill him.
君なら彼を殺してくれると信じてるよ

apparently
[əpˈærəntli]

副詞 どうやら〜らしい

派生語 apparent：明らかな
派生語 appearance：見かけ、出現

connect
[kənékt]

他動 をつなぐ

用例 connect A with/to B：A を B につなぐ
派生語 connected：関連した、結合した
派生語 connection：関係、接続、コネ

emotion
[ɪmóʊʃən]

名詞 感情

用例 express/show emotion：感情を表す
派生語 emotional
感動的な、感傷的な、感情の

soul
[sóʊl]

名詞 魂、心、人

例文 Not a soul was to be seen.
人っ子一人見当たらなかった
用例 body and soul：肉体と精神

urban
[ˈəːb(ə)n] 形容詞
都市の、都会的な
用例 lead an urban/a rural life
都会 / 田舎 生活を送る

bear
[béə] 名詞・他動詞
熊／を負う、に耐える、がある
用例 bear the responsibility：責任を負う
用例 can't bear：〜に耐えかねる
用例 bear a relation：関係がある

plenty
[plénṭi] 名詞
たくさん
例文 He's got plenty of gold fish.
彼は金魚をとりまくった

announce
[ənάʊns] 他動詞
を発表する、と言う
用例 It has been announced that
〜ということが発表された
派生語 announcement：発表、アナウンス

report
[rɪpˈɔːt] 名詞・自動詞・他動詞
報告（書）、銃声／（を）報告・報道する
用例 write a report on the law of his color changing
彼の変色の法則性について報告書を書く

暗殺者ならば「銃声」の意味も知っておいてよいでしょう

nuclear
[n(j)úːkliə] 形容詞
原子力の、核の
用例 nuclear family：核家族
用例 nuclear power/weapon：原子力 / 核兵器
用例 nuclear reactor/waste：原子炉 / 核廃棄物

custom
[kˈʌstəm] 名詞
慣習、習慣
用例 It is the custom to do
〜するのが慣わしになっている
類義語 tradition：伝統、しきたり
派生語 customary：恒例の　customer：顧客

bright
[bráit] 形容詞

明るい、晴れた

反意語 dark：暗い
例文 Let us be the bright light of this school!
僕らがこの学校の輝く光となろう！

significant
[sɪgnífɪk(ə)nt] 形容詞

重要な

例文 It is significant that
〜ということは重要である
派生語 significantly：著しく

mission
[míʃən] 名詞

任務

"Use your blade with confidence. Complete your **mission** successfully, and keep your heads high, smiles on your face without the least shame."

自信を持ってその刃を振るって来なさい
仕事を成功させ
恥じる事なく笑顔で胸を張るのです

cost
[kɔ́:st] 名詞・他動詞

費用、経費／(金額が) 〜かかる

例文 It cost him a lot to treat the assassin to yudoufu.
刺客に湯豆腐をおごるのに結構な金がかかった

involve
[ɪnvɑ́lv] 他動詞

を伴う、を巻きこむ

例文 The assassination involves a lot of danger.
この暗殺には多大な危険が伴う
派生語 involved：関係している　involvement：関与

victory
[víktəri] 名詞

勝利

反意語 defeat：敗北
類義語 win：勝つ ⇔ lose：負ける

他動詞 — と結論を下す

conclude
[kənklúːd]

派生語 conclusion：結論

名詞 — 他動詞 — ガイド（ブック）／を案内する、を導く

guide
[gáɪd]

用例 excursion guide：修学旅行のしおり
派生語 guidance：指導、ガイダンス

名詞 — 自動詞 — 他動詞 — 小切手、調査／（を）調べる、（を）確認する

check
[tʃék]

用例 by check：小切手で

名詞 — 環境

environment
[ɪnváɪ(ə)rə(n)mənt]

派生語 environmental：環境の

綴り注意！ "n" を忘れないように

名詞 — 形容詞 — 男、やつ／同僚の

fellow
[féloʊ]

用例 a fellow student/worker
同級生／同僚
類義語 guy：やつ、（guys で）みんな

形容詞 — 不可能な

impossible
[ìmpásəbl]

例文 It seems almost impossible to kill our teacher.
せんせーを殺すのはほとんど不可能に思える

"I'm the very man who taught you everything about assassination. I know exactly what you are capable of and what is **impossible** for you to achieve."

俺が全て知っている
おまえに暗殺の全てを教えたのはこの俺だ
不可能な事不可能ではない事

favor
[féɪvɚ]

名詞 ― **他動詞** ―

好意、支持、人気／のほうを好む

例文 Will you do me a favor？
ちょっとお願いしてもいい？

用例 be in favor of：を支持する

lack
[lǽk]

名詞 ― **他動詞** ―

欠乏／を欠く

用例 Our teacher lacks grace.
せんせーはゲスい

harm
[hάɚm]

名詞 ― **他動詞** ―

害／に損害を与える

例文 I won't do you any harm.
あなたを傷付ける気はありません

positive
[pάzəṭɪv]

― ― **形容詞** ―

前向きな、肯定的な、確信している

用例 a positive attitude / reaction
前向きな態度 / 肯定的な反応

反意語 negative：消極的な

attack
[ətǽk]

名詞 **自動詞** **他動詞** ― ―

攻撃、発作／
(を)攻撃する(前置詞 on)／を激しく非難する

用例 a personal attack：個人への攻撃

用例 a heart attack：心臓発作

用例 attack on tentacles：進撃の触手

wave
[wéɪv]

名詞 **自動詞** ― ― ―

波／手をふる

例文 We cannot help but ride the big wave.
乗るしかない、このビッグウェーブに

confuse
[kənfjúːz]

― ― **他動詞** ― ―

を混乱させる

例文 Our teacher got confused seeing his tentacles.
せんせーは奴の触手を見て当惑した

派生語 confusion：混乱、混同

3-E 特別授業

潮田渚の間違えやすい英単語

男女両用: unisex

殺せんせー

潮田渚 DATA
情報収集にはげむ渚。暗殺に役立つと信じ、日々、殺せんせーの弱点をメモ帳に書き留める、真面目っ子。

僕達が話す言葉の中には、英語だと思っていたけど実は日本語というのがたくさんある。いくつか紹介するね。

アパート
- 誤 apart → 離れて
- 正 apartment

クレーム
- 誤 claim → 要求
- 正 complaint

ビジネスマン
- 誤 businessman → 実業家
- 正 office worker

ウォーミングアップ
- 誤 warming-up → 暖めること
- 正 warm-up

ダビング
- 誤 dubbing → 吹き替え
- 正 copy

ベテラン
- 誤 veteran → 退役軍人
- 正 expert

キーホルダー
- 誤 keyholder → 鍵を壁に引っかけるためのもの
- 正 key ring

バイキング(料理)
- 誤 viking → 海賊
- 正 buffet

カンニング
- 誤 cunning → ずるい
- 正 cheating

スウィーツもこんなに間違えられているんだね

間違えて広まっているスウィーツ系の和製英語

アイスキャンディ
- 誤 ice candy
- 正 ice lolly

ショートケーキ
- 誤 shortcake
- 正 strawberry sponge cake

シュークリーム
- 誤 chou cream
- 正 cream puff

ソフトクリーム
- 誤 soft cream
- 正 soft serve cream

CHAPTER 5
第5章　中級2
medium 2

まだまだイケるっしょ！
You're still fine, right?

肩の力ぬこうぜ〜
Just relax and take it easy.

5. 金曜日の課外授業
Extra lessons on Friday

5. 金曜日の課外授業

「さて渚(なぎさ)君、寺坂(てらさか)君、準備はいいですか」

殺せんせーが校舎の前でブニン、ブニンと触手を伸ばす体操を行っている。渚も真似をして二の腕のストレッチをした。

「めんどくせーな」

寺坂は気がなさそうにこめかみをかいた。

「まあそう言わずに。本場のhamburger（ハンバーガー）をおごってあげますから。fried onion（オニオンフライ）もおいしいですよ」

今日の昼休みに、殺せんせーは渚と寺坂をアメリカに連れて行くと言い出した。2人の英単語の勉強が進むように本場の英語を、という計らいだ。

「いきなり本場っぽい発音すんなよ」

「そうそう寺坂君、念のため忠告しておきますが、飛んでいる間にstun gun（スタンガン）を使うのはやめておいたほうがいいですよ。先生が伝導体なら、君達もビリビリになりますから」

「寺坂君、やめてよ*!*」

「わかったよ。バレてるんだったらしょうがねぇ」

寺坂は背中からスタンガンを取り出して殺せんせーに預けた。
「渚君はもう２回目だから、要領はわかってるでしょう？」
「要領っていっても、ただ体を預けているだけで何にもしなかったけど」
「そう、それが大切なのです。それでは行きますよ」
　殺せんせーは渚と寺坂を抱えると、爆音を残して空に消えていった。

　海の上を飛んでいると、辺りは刻々と闇に包まれていった。みるみる間に真っ暗になり、明かりは海面に反射する三日月の光と空に点々と浮かぶ星だけになった。
「もう夜かよ」
「地球は今のところまだ丸いですからねぇ。今、太陽と反対に飛んでいるので、どんどん夜になっているのです。ほら、見えてきました。The North American Continent(北アメリカ大陸)ですよ」
　真っ暗な海の先に、小さな光の点が集まっているのが見えてくる。
「あれはL.A.(ロサンゼルス)です」
　光の点は猛スピードで迫ってきて、殺せんせーと渚、寺

坂は光あふれる大都会の上空を横切る。
「殺せんせー、どこまで行くの？」
「お目当ての店はこっちです」
　賑やかな街を通過して、太い道路の道端にふわっと降りた。
「ほら、あれですよ」
　幹線道路の脇に、電飾の看板が目立つ大きなダイナー(食堂)が立っていた。
「本当においしい店は、街中じゃなくてこういうところにあるんですよ」
　駐車場に並ぶ大きな車達を横目に、渚と寺坂は殺せんせーについていってダイナーに入った。店の中は派手な看板とはちがって古めかしい内装で、木製のベンチやテーブルが古き良き時代を思わせた。くっつき合っている若いカップルやビール片手に盛り上がっている中年の男達で賑わっている。油の匂いが漂い、肉の焼ける音が聞こえてくる。3人はベンチに座ってメニューに目をやった。
「ほら、自分達で注文してみてください」
　メニューには写真がなかったが、「burger」「dog」「salad」とわかりやすい英語でカテゴリーが書かれていた。他にもシェイクやパンケーキ、ドリンクもある。

「チーズバーガーくらいしかわかんねぇ」
「これ……ブロードウェイバーガーって何？」
「ここのは都会風のhamburger(ハンバーガー)ですね。lettuce(レタス)とblue cheese(ブルーチーズ)が入ってます。blue cheeseの強い香りがpatty(パテ)によく合いますよ」
「あれ、殺せんせー、ポテトがないよ？」
「burger(バーガ)ーを頼めば、どっさりついてきますよ。渚君には食べきれないくらいですから、皆でshare(シェア)するのもいいでしょう」
『こんばんは』
　そこに、金髪を後ろでまとめた店員のお姉さんが注文を取りにきた。彼女は明るい調子で声をかけてくる。渚と寺坂は英語で話しかけられて緊張した。
『注文は決まったの？』
「チ、チーズバーガー」
　渚がとっさに答えると、寺坂は慌ててメニューを見直したあげく、
「こ、これ」
　メニューの指さしで注文してしまった。
「せっかく英語を生で使うチャンスだったのに」
「るせぇ、いきなりだったからあせっちまったんだよ」

『あなたは?』

　殺せんせーがお姉さんに尋ねられた。寺坂と渚が様子を見守ると、殺せんせーはただデレデレしているだけだ。お姉さんはちょっと困った笑いを浮かべた。
「どうしたの、殺せんせー?」
「どうもこうも、絶景ですよ」
「あー……」

　胸か、と渚は気づいた。お姉さんは立派な胸をしていて、服の上からでもそのふくらみがよくわかる。立派すぎて、少し服からはみ出ている。殺せんせーだけでなく、寺坂もその立派な胸に見とれた。
「渚、tits(おっぱい)ってやつだな。ビッチ先生の歌に出てきた」
「どうしてそんな単語だけはスラッて出てきちゃうの」
「いいじゃんかよ。あれだけデカいならいつも言われてるだろ。ビッチ先生並み、ひょっとしたらそれ以上のtits(おっぱい)じゃんかよ」
「寺坂君、たしかに意味は合ってますが、その言葉はあんまり使わないほうがいいですよ」
「どうしてだよ?」
「品のいい言葉ではないのです。先生が店員さん目当てなのは認めます。イリーナ先生に対抗出来るくらいの

breasts(むね)ですけれども、味もたしかなんですよ。ほら、来ました……?」

　店員のお姉さんが、エプロンをした男を引き連れて戻ってきた。男は寺坂よりも背が高く、太い腕をしている。お姉さんは厨房から出てきたらしいエプロンの男にまくし立てている。男がお姉さんの話を聞いて、荒々しい声を上げている。
「まずい、怒ってます……」
「なんで怒ってんだよ?」
「私達がお姉さんのことを『おっぱいの大きいビッチだ』と言っていると誤解してます」
「殺せんせー、なんとか話して誤解を解いてよ」

　殺せんせーはその男に話しかけたが、渚にもわかるくらいテンパッている。男は殺せんせーの話を聞くと、笑顔で大きくうなずいた。
「この人、わかってくれたの?」

　渚が殺せんせーに尋ねた瞬間、男は急に眉を怒らせ、腕を曲げて力こぶを作ってみせた。
「にゅやッ、ダメです、逃げましょう」
「ちゃんと話できてないんじゃん? なんて言ったのさ」
「私達はお姉さんの世界遺産級な胸に見とれていただけなんです!! 決して皆でshareしたいとか思ってたわけで

ひげとポイン
mustache & huge breats

はありません*!!*……って言いました」
「そんなこと言うからよけい怒るんだよ*!*」
「ここは撤退しましょう、『巨乳ウェイトレスを巡り教師がダイナーで暴力沙汰*!!*』とか週刊誌にすっぱ抜かれたら困りますので」
「ほんとにチキンだよね、殺せんせーって」
　殺せんせーは渚と寺坂を強引に抱えると一目散に店の外に飛び出した。
「まったく、寺坂君がおっぱいに気を取られるから…」
「人のせいにすんなよ、このタコ*!*」
「2人ともだよ……本場のチーズバーガー食べ損ねたし……」
「じゃあ、McDonald's(マクドナルド)でも行きますか」
「日本にもあるじゃん*!*」
　渚と寺坂は同時にツッこんだ。

名詞 ▭▭▭▭ 通路、(文章・音楽の) 一節

passage
[pǽsɪdʒ]

用例 a passage from/of Steve Erickson
スティーヴ・エリクソンの一節

> エリクソンはアメリカの小説家ですよ。
> 『黒い時計の旅』と『Xのアーチ』がオススメです

名詞 **自動詞** **他動詞** ▭▭ 通行証/(を) 通る、(に) 合格する、(時が) 経つ、を渡す

pass
[pǽs]

例文 Could you pass me that gun?
その銃をとってくれませんか？

用例 pass/fail an exam：試験に合格する/失敗する

派生語 passenger：乗客

▭ **自動詞** **他動詞** ▭▭ をかちとる、(を) 成し遂げる

achieve
[ətʃíːv]

例文 We achieved the privilege to bust his tentacles.
ぼくらはせんせーの触手を破壊する権利を得た

▭▭▭ **形容詞** 広い

broad
[brɔ́ːd]

反意語 narrow：狭い

名詞 **自動詞** **他動詞** ▭▭ 捜索/(を) 捜す

search
[sə́ːtʃ]

用例 search 場所 for 物
物を求めて場所を捜す

類義語 seek：を捜す

名詞 **自動詞** **他動詞** ▭▭ 返答/(と) 答える

reply
[rɪplái]

例文 He refused replying the question.
彼は質問に答えなかった

類義語 answer

▭▭▭ **形容詞** **副詞** まっすぐな/まっすぐに

straight
[stréɪt]

用例 go straight：まっすぐに進む

revolution
[rèvəlúːʃən]
名詞 — — — — 革命

例文 That class E has beaten class A was as if a revolution took place.
E組がA組を倒したのはさながら革命が起きたようなものだった

block
[blák]
名詞 — **他動詞** — — 街区、かたまり／をふさぐ

用例 a block of ice：氷のかたまり
用例 Road Blocked：「この先通行止め」

whole
[hóʊl]
名詞 — — **形容詞** — 全部の、まるごとの／全部、全体

用例 the whole thing：あらゆること
用例 in the whole world：世界中で
用例 the whole of the day：一日中
派生語 wholly：まったく

promise
[prámɪs]
名詞 — **他動詞** — — 約束／を約束する

例文 Promise me that you will come.
来ると約束してくれ

> "I became your teacher in order to keep the **promise** I made with someone."

ある人との約束を守るために君達の先生になりました

success
[səksés]
名詞 — — — — 成功

例文 We tried to kill him, but without success.
ぼくらは彼を殺そうとしたが、うまくいかなかった

deal
[díːl]
名詞 — **自動詞** — **他動詞** — — 取引、量／従事する、扱う／(を)配る

用例 a great deal：おおいに
用例 deal with：を扱う、に対処する
用例 deal in：(店が商品を)取り扱う
派生語 dealer：販売者、密売人、(カードの)配り手

defend
[dɪfénd] 自動詞 他動詞

（人・権利）を守る／防御する

用例 defend A against B：B から A を守る
派生語 defense：防御
反意語 offend：の気分を害する
offense：罪、違反、攻撃

angle
[ˈæŋgl] 名詞

角度、アングル、視点

例文 He's particular about the angle.
彼はアングルにこだわる

close
[klóʊs] 形容詞

近い、綿密な

例文 By the time we left, it was close to midnight.
帰る頃には真夜中近くになっていた
例文 Let's take a closer look.
もっとよく見てみよう

traffic
[trˈæfɪk] 名詞

交通（量）

用例 be/get stuck in a traffic jam
渋滞に巻きこまれ（てい）る

medical
[médɪk(ə)l] 形容詞

医療の

派生語 medicine：薬、医学

pursue
[pərsúː] 他動詞

を続ける、を追う

用例 pursue pleasure/fame
快楽/名声を追求する
派生語 pursuit：追求

luck
[lˈʌk] 名詞

（幸）運

用例 good/bad luck：幸運/不運
派生語 lucky：幸運な

merely
[míəli] 副詞

単に、〜だけで

例文 She was merely a girl when she killed the man.
その男を殺した時、彼女はまだほんの少女だった

cross
[krɔ́ːs] 名詞 自動詞 他動詞

雑種、十字架／(を) 横断する・越える

用例 cross a street/river：道／川を渡る

It's the same now, too. Aware that there is a line Koro-Teacher cannot **cross** in order to remain as our teacher, he is challenging Koro-Teacher to the limit.

curious
[kjúʊ(ə)riəs] 形容詞

好奇心の強い

派生語 curiosity：好奇心
例文 Our teacher is annoyingly curious about our gossip.
せんせーは生徒のゴシップに興味津々でウザい

claim
[kléɪm] 名詞 他動詞

請求、主張／を主張する、を請求する

例文 The class claimed their right to be treated to something.
生徒たちは何かしら奢ってもらう権利を主張した

round
[ráʊnd] 名詞 自動詞 他動詞 形容詞 副詞

丸い／(の) まわりに、(の) あちこちに／を曲がる、を丸くする／丸くなる／1回、1試合

用例 round the corner：角を曲がる
用例 walk round：あちこち歩く
類義語 around

score
[skɔ́ːr] 名詞 自動詞 他動詞

得点、点数／(点)(を) とる

例文 They scored incredibly high in the exam.
彼らは試験で信じられないほどの高得点をとった

specific [spɪsífɪk] 形容詞

特定の、明確な

- 用例 a specific purpose：ある特定の目的
- 例文 Be specific. はっきり言えよ
- 派生語 specifically：特に、はっきりと
- 類義語 particular：特定の

complain [kəmpléɪn] 自動詞 他動詞

(と) 不平を言う

- 例文 They complained about the noisy lifeguard.
  彼らは監視員が小うるさいと文句を言った
- 派生語 complaint：不平

breath [bréθ] 名詞

呼吸、息

- 注意 名詞 breath [bréθ] と動詞 breathe [bríːð] の発音に注意です

pour [pɔ́ːr] 自動詞 他動詞

を注ぐ／噴き出る

- 例文 Shall I pour you some aqua regia?
  王水をお淹れしましょうか？
- 例文 Blood was pouring from his nose.
  血が彼の鼻からどくどく流れていた

temperature [témp(ə)rətʃʊɚ] 名詞

温度、気温

- 例文 Water boils at the temperature of 100℃.
  水は100℃で沸騰する

horror [hɔ́ːrɚ] 名詞

恐怖

- 例文 First-rate educators know how to effectively make use of horror in teaching.
  一流の教育者たるもの、教育において恐怖をいかに効果的に利用するかを心得ているものだ

manage [mǽnɪdʒ] 自動詞 他動詞

(うまく) やる、暮らす／を何とかやる、を経営・管理する

- 例文 We finally managed to kill our teacher.
  ぼくらはやっとせんせーを殺すことができた
- 派生語 manager：経営者、責任者
- 派生語 management：経営・管理

名詞 ◼◼◼◼ サイクル、周期

cycle
[sáɪkl]

用例 a vicious cycle：悪循環
⇔ a virtuous cycle：好循環

名詞 **自動詞** **他動詞** ◼◼ スキップ／とぶ／をサボる、を抜く

skip
[skíp]

用例 skip class/lunch
授業をサボる／昼食を抜く

"We said we were going to **skip** that slimy stuff, don't you remember?"
"But there's huge difference between 'being slimy' and 'not being slimy' so…"
"Enough of that slimy!!"
"What!?"

名詞 ◼◼◼◼ 相手、パートナー

partner
[pɑ́ətnə]

用例 a business partner：共同経営者
派生語 partnership：共同経営、協力関係

◼◼◼ **形容詞** ◼ 下位の、年少者の

junior
[dʒúːnjə]

例文 He is junior to her by three years.
彼は彼女よりも3歳年下だ
反意語 senior：年上の

◼◼ **他動詞** ◼◼ を満足させる

satisfy
[sǽtɪsfàɪ]

例文 The octopus was satisfied with some sweets.
そのタコはスイーツを少々手にして満足気だった
派生語 satisfaction：満足 satisfactory：申しぶんない

名詞 ◼◼◼◼ 兵士

soldier
[sóʊldʒə]

用例 an elite soldier
エリート兵

climb
[kláɪm]

自動詞 他動詞 (を)登る

用例 We have to climb the cliff every morning.
ぼくたちは毎朝がけを登らなくてはならない

wood
[wʊd]

名詞 材木、森

用例 a house made of wood：木造家屋
用例 play cops and robbers in the woods
森でケイドロをやる

類義語 「森」は小さい順に、grove ＜ wood ＜ forest

shut
[ʃˈʌt]

自動詞 他動詞 閉まる／を閉める

用例 shut the door/eyes/mouth
ドア／眼／口を閉じる
用例 shut down：閉鎖する
用例 shut out：閉め出す

desert
名詞：[dézɚt]
動詞：[dɪzˈɚːt]

名詞 他動詞 砂漠／を見捨てる

例文 The street was deserted.
通りには人がいなかった
類義語 abandon：見捨てる

"Please don't desert meeeee... You know I can't do anything without you..."

日本語で言うところの『デザート』は"dessert"と綴りますよ

talent
[tˈælənt]

名詞 (天賦の)才能

用例 a talented beauty
美しき才女
類義語 gift：(天賦の)才能　ability：能力

meeting
[míːtɪŋ]

名詞 会議

例文 A secret meeting was held in order to kill the octopus.
そのタコを殺すための秘密会議が開かれた

会議を行う、というときの動詞は "hold" を使うんですねぇ

universal [jùːnəvˈɚːsl]
形容詞 — 世界共通の、普遍的な
用例 a universal truth：普遍の真理
派生語 universe：宇宙　university：大学

article [ɑ́ːt̬ɪkl]
名詞 — 記事、〜用品、条項
用例 household articles：家庭用品
用例 Article 9 of the Constitution
　　　憲法第9条

beginning [bɪgínɪŋ, bə-]
名詞 — 始まり、(複数形で) 始めのころ
用例 from small beginnings
　　　小さいところから出発して

creature [kríːtʃɚ]
名詞 — 生物
例文 We tend to forget that he's not a creature from outer space.
彼が宇宙から来た生物ではないというのは忘れがちだ

opposite [ɑ́pəzɪt]
名詞・形容詞 — 正反対の、反対側の／逆のもの
用例 on the opposite side of：〜の反対側に
派生語 oppose：に反対する ⇔ support
派生語 opposition：反対

local [lóʊk(ə)l]
形容詞 — 地元の、各駅停車の
用例 local newspaper/custom
　　　ローカル紙 / 地元の習慣

free [fríː]
他動詞・形容詞・副詞 — 無料の、自由な、空いている、(が) ない／を解放する／無料で
用例 free from care/ free of nuclear weapons
　　　心配が無い / 核兵器の無い
用例 for free：ただで
派生語 freedom：自由

名詞 🔲🔲🔲🔲 　重量、体重

weight
[wéɪt]

- **派生語** weigh：〜の重さである、の重さを量る
- **参考** 高い：high ／ 高さ：height
  長い：long ／ 長さ：length
  深い：deep ／ 深さ：depth

名詞 🔲🔲🔲🔲 　商品

goods
[gˈʊdz]

- **用例** electrical/household goods
  電気製品 / 家庭用品

🔲🔲 **他動詞** 🔲🔲 　を拒絶・否定する、を却下する

reject
[rɪdʒékt]

- **反意語** accept：を受け入れる

🔲🔲🔲🔲 **副詞** 　かなり、完全に

quite
[kwáɪt]

- **例文** He's quite a sniper.
  彼はかなりのスナイパーだ
- **例文** The bottle is quite empty.
  瓶はすっかり空だ

"a"の位置に注意です！"such"なども同様ですよ

名詞 🔲🔲🔲🔲 　距離

distance
[dístəns]

- **用例** from a distance：遠くから
- **派生語** distant：遠い

名詞 🔲🔲🔲🔲 　4分の1、15分、25セント（硬貨）

quarter
[kwˈɔɚtɚ]

- **類義語** half：2分の1

🔲🔲🔲🔲 **副詞** 　ほとんど〜ない

hardly
[hάɚdli]

- **例文** We can hardly catch sight of him when he's flying.
  飛んでいる時の彼はほとんど見ることもできない
- **類義語** barely, scarcely

名詞 演出家、監督、部長、取締役

director
[dəréktə]

"I'm surprised that you like superhero movies, Karma."
"I like the **director**.
It's unusual for him to work on a film based on American comics."

監督が好きでさ
アメコミ原作を手がけるのは珍しいから

カルマ君がヒーロー物とは意外ですねぇ

名詞 関心、心配事

concern
[kənsə́ːn]

例文 His major concern is to maintain his image as a comical character.
ギャグキャラを維持するのが彼の大きな関心事だ

派生語 concerned：心配している、関係している

他動詞 を証明する、であるとわかる

prove
[prúːv]

例文 Our teacher proved not to be an lingerie thief.
せんせーは下着泥棒じゃないことがわかった

名詞 説、理論

theory
[θíːəri]

用例 Darwin's theory of evolution
ダーウィンの進化論

名詞 一連の、シリーズ

series
[síː(ə)riːz]

用例 a series of clever attacks
巧妙な攻撃の連続

副詞 正確に、まさに、ちょうど、そのとおり

exactly
[ɪgzǽk(t)li]

例文 What are you reading, "Gravity's Rainbow"? Exactly.
なに読んでるの、『重力の虹』？ その通り

派生語 exact：正確な

wet 形容詞
[wét]

濡れた

例文 He's no good at all when he gets wet.
彼は水に濡れると使い物にならない

反意語 dry：乾いた

adult 名詞/形容詞
[ədʌ́lt]

大人／大人の

weak 形容詞
[wíːk]

弱い

例文 He has a weak heart.
彼は心臓が弱い

反意語 strong：強い

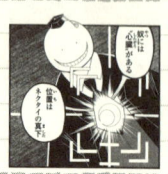

theme 名詞
[θíːm]

テーマ、主題

例文 The theme of this book is more about education rather than assassination.
この本のテーマは暗殺というよりもむしろ教育だ

normal 形容詞
[nɔ́ːrm(ə)l]

普通の

例文 It is perfectly normal to love big boobs.
巨乳好きというのは極めて自然なことである

類義語 ordinary：ありふれた　common：よくある

result 名詞/自動詞
[rizʌ́lt]

結果／結果として生じる

例文 Their negotiations resulted in failure.
彼らの交渉は失敗に終わった

disturb 他動詞
[distə́ːb]

を邪魔する、を乱す

用例 Do Not Disturb：「起こさないでください」

comfortable
[kʌ́mfətəbl]

形容詞 快適な

例文 We used to hate this place, but I wonder why it's so comfortable now.
忌み嫌う場所だったはずなのに、何でこんなに居心地よくなっちゃったんだろ

sentence
[séntəns]

名詞／他動詞 文／判決を下す

用例 quote the sentences from "The Catcher in the Rye"：『ライ麦畑でつかまえて』の文を引用する

例文 He was sentenced to death.
彼は死刑宣告を受けた

surprise
[sərpráɪz]

名詞／他動詞 驚き／を驚かせる

用例 I was surprised to learn that
～と知って驚いた

派生語 surprising：驚くべき、意外な

用例 It is surprising that：～というのは驚きである

fair
[féər]

形容詞 公平・公正な、妥当な

用例 It's fair to say that
～と言っても差し支えない

反意語 unfair：不当な、不公平な

feed
[fíːd]

他動詞 に食べ物を与える、を養う

例文 She has to feed her children all by herself.
彼女は女手ひとつで子供たちを養わねばならない

introduce
[ìntrəd(j)úːs]

他動詞 ～を紹介する

用例 introduce oneself：自己紹介をする

派生語 introduction：導入、紹介、序文

"Then I shall **introduce** him. Hey, Itona!! Come on in!!"

waste
[wéɪst]

名詞 - **他動詞** - -

浪費／を無駄に使う

用例 a waste of time/money
時間 / 金の無駄遣い

例文 Do not waste your talent on such a thing.
そんなことに君の才能を無駄に使うな

> "Don't you think that's much useful than **wasting** time for pointless study? So just be quiet and follow me…"
>
> biff

beat
[bíːt]

名詞 - **他動詞** - -

鼓動、ビート／を破る、を殴る、を叩く

用例 beat the record：記録を破る

例文 Bonham's backbeat is nicely laid back.
ボーナムのバックビートは良い感じに後ろノリだ

mention
[ménʃən]

- - **他動詞** - -

について言及する

用例 He can speak Portuguese, not to mention English.
英語は言うまでもなく、ポルトガル語も話せる

用例 Don't mention it.
どういたしまして

labor
[léɪbɚ]

名詞 **自動詞** - - -

労働／労働する

例文 She labored over making the gargantuan pudding.
彼女は巨大プリンの制作に精を出した

デカイという意味の単語は無数にあります

nearly
[níɚli]

- - - - **副詞**

ほぼ、もう少しで

例文 We nearly killed him.
もうすこしで（危うく）彼を殺すところだった

類義語 almost

intend
[ɪnténd]

- - **他動詞** - -

意図する、つもりである

例文 We cannot tell what he intends to do in the end.
彼が最後に何をするつもりなのかわれわれにはわからない

派生語 intention：意図

suffer
[sˈʌfɚ]

自動詞 **他動詞** (苦痛)(を)受ける・負う

例文 He's suffering from anxiety about money.
彼は金の心配で頭を悩ませている

paragraph
[pˈærəgrˌæf]

名詞 段落、パラグラフ

例文 The novel opens with a fine paragraph.
この小説は書き出しが良い

blame
[bléɪm]

他動詞 のせいにする

用例 blame 人 for
〜のことで人を責める

用例 blame 〜 on 人
〜を人のせいにする

survive
[səváɪv]

自動詞 **他動詞** 生き残る／を生き延びる、をうまく切り抜ける

例文 Our teacher always survives our attacks.
せんせーはいつもぼくらの攻撃を切り抜ける

派生語 survival：生き残ること

extend
[ɪksténd]

自動詞 **他動詞** (にまで)および／を拡大する

例文 The desert extends to the horizon.
地平線まで砂漠が広がっている

forward
[fˈɔːwɚd]

副詞 前へ

例文 I'm looking forward to seeing you again.
また会えるのを楽しみにしています

> この "to" は前置詞なのであとに来るのは動詞の原形ではなく動名詞です！

treat
[tríːt]

名詞 **他動詞** を扱う、をもてなす／もてなし、ごちそう、おごり

例文 Our teacher never treats us like [as] children.
先生は決してぼくらを子供扱いしない

派生語 treatment：治療、待遇

probably 副詞 恐らく、十中八九
[prábəbli]

例文 Will he come back? Probably not.
彼は戻って来るかな？たぶん来ないね

ability 名詞 能力
[əbíləṭi]

例文 Our teacher's ability decreases by 20% per each tentacle.
せんせーの能力は触手一本につき20%低下する

will 名詞 意志、遺書
弱：[wəl]
強：[wil]

用例 the will to kill him
彼を殺そうという意志

もちろん助動詞の用法もありますよ！

"Yes I turned against my master on my own free will."

はい 私の意志で産みの親に逆らいました

respect 名詞／他動詞 尊敬、点／を尊敬する
[rɪspékt]

用例 differ in some respects
いくつかの点において異なる

派生語 respectable：立派な
派生語 respective：それぞれの

vast 形容詞 広大な、膨大な
[vǽst]

用例 a vast amount of money：巨額の金

translate 自動詞／他動詞 (を)訳す
[trænsléɪt]

例文 My teacher has translated numerous novels from English into Japanese at an incredible speed.
私の先生は大量の小説を信じ難い速度で英語から日本語へ翻訳してきた

exist
[ɪgzíst] 自動詞

ある、存在する

例文 Rumor says that there exists a strange yellow octopus.
噂によれば、妙な黄色いタコが存在するという

supply
[səpláɪ] 名詞/他動詞

供給（量）／を供給する

例文 We first supplied him with porn magazines and rooted him on the spot.
ぼくらはまずエロ本で彼の動きを止めた

recent
[ríːsnt] 形容詞

最近の、新しい

派生語 recently：最近、近ごろ

collect
[kəlékt] 他動詞

を集める

用例 collect evidence/information
証拠／情報を集める
派生語 collection
コレクション、募金

> これはどちらも不可算名詞ですので無冠詞単数です！

correct
[kərékt] 他動詞/形容詞

を正す／正しい

用例 a correct answer：正解
例文 Can you correct my pronunciation?
発音を正してくれませんか？

lock
[lάk] 名詞/他動詞

錠／に鍵をかける

類義語 key：カギ

> "lock" はカギが差しこまれる錠前のことです

add
[ǽd] 他動詞

（を）加える

用例 addition：追加（されたもの）

3-E 特別授業

茅野カエデのスウィーツ英単語

脱巨乳主義:
trans-breastism

英語を学びながら、スウィーツも学んじゃおう！殺せんせーが食べていたスウィーツを中心に紹介するね。

茅野カエデDATA
普段は温厚な性格だが、スウィーツのこととなると目の色が変わる。殺せんせーと同じく、重度のプリンマニア。

▷ Giant pudding
[containing anti-teacher bullets]

巨大プリン
【対先生弾爆弾入り】

ぷるるん

▷ ingredients 【材料】

eggs	sugar & milk & vanilla + agar & gelatin	bomb
【卵】	【砂糖・牛乳・バニラオイル】+【寒天・ゼラチン】	【爆弾】

○○○ example sentence ○○○

I could eat pudding endlessly.
【プリンっていくらでも食べれるよね】

What's pudding? 【プリンとは】

腫れ物を指す古英語のpuducが、イギリスで蒸し料理・菓子を指すpuddingとなったんだよ。私たちが作った対先生用巨大プリンは蒸さずにゼラチンとかで固めたので、ケミカルプリンchemical puddingに分類されるんだね。

Sweets Shop World Map
世界スウィーツ店ナビ

Italy 【イタリア】
- gelato 【ジェラート】

cafe latte Aloha version 【カフェラテ アロハ仕様】

Hawaii 【ハワイ】
- coconut 【ヤシの実】 

New York 【ニューヨーク】
- popcorn 【ポップコーン】

Everest 【エベレスト】
- shaved ice 【かき氷】

Shanghai 【上海】
- almond jelly 【杏仁豆腐】

North Pole 【北極】

Local Delicacy of Iruma City "IRUMANJU" 【入間市名物いるまんじゅう】

Local Delicacy of Kyoto "YATSUHASHI" 【京都名物八ツ橋】

Japan 【日本】
- "Wa" Sweets 【和菓子】

How to order a sweet drink 【あまーいドリンクの頼み方】

One grande coffee frappechino with extra shot, syrup with extra whip, charamel sauce & chocolate chips.

1つ / サイズ大 / コーヒーフラッペ / 追加 / エスプレッソ / シロップ / 追加 / 追加ホイップ / キャラメルソース / チョコチップ

凄く長いでしょ？お店で注文してみてね！

3-A 特別授業

当然でしょう

浅野学秀の帝王のための名言・格言

ハードコアファザコン
hardcore father complex

浅野学秀 DATA
理事長・浅野學峯の息子で学年トップの秀才。E組の秘密を暴き、父をも支配しようと画策する野心家だ。

E組のための授業？バカバカしいが、椚ヶ丘を照らすA組のリーダー、その理念ぐらいは教えてあげよう。

リーダーとは、『希望を配る人』のことである。
A leader is a dealer in hope.

> まさに僕のことを表した言葉だな

—— ナポレオン・ボナパルト（フランス皇帝）

勝って兜の緒を締めよ。
Don't halloo till you are out of the wood.

> 勝者は常に努力を怠ってはならない

—— 徳川家康（江戸幕府初代将軍）

獅子は兎を捕まえる時でも全力を尽くす。
Whatever you do, do with all your might.

> E組といえども全力で叩き潰す！

—— 佐久間象山（江戸時代後期の武士・思想家）

浅野学秀 頻用！ 勝者が知っておくべき英単語

- ♛ 勝利 = victory
- ♛ 栄光 = glory
- ♛ 成功 = success
- ♛ 支配 = rule
- ♛ 圧勝 = overwhelm
- ♛ 御意 = As you please.
- ♛ 王の権威 = majesty
- ♛ 神童 = prodigy
- ♛ 無敵 = invincible
- ♛ 絶頂 = zenith

CHAPTER 6
第6章　上級1
advanced1

ここから先はかなり難度が高い
From here the level is highly advanced.

心してかかってくれ
Be sure to brace yourself.

6. 土曜日はメイド喫茶で
At the maid café on Saturday

6. 土曜日はメイド喫茶で

「寺坂君」
「なんだよ」
　校舎を出ようとしていた寺坂が、渚に声をかけられて振り向いた。
「あさっての英単語テストに備えて、一緒に勉強しない？　ちょっと不安で……」
「バカ、英単語なんて覚えるしかねーだろ」
「でも、2人で問題出し合ったら、きっと覚えるのも早くなると思うんだ」
　チッ、と寺坂は舌打ちした。
「英単語くらい1人でなんとかしろよ。俺は午後、用があるんだよ」
　そう言い捨てると、大股で去っていった。渚は校庭を横切っていく寺坂の後ろ姿を目で追い続けている。
「どしたの、渚？」
　校舎出口近くでボーっとしている渚が気になって、茅野が声をかけた。
「寺坂君に一緒に勉強しようって言ったら、用があるって断られちゃったんだ」
「用ねえ……。あ、もしかして」
　茅野が何かに気づいて手を打ち、遠くの寺坂を探した。
「ほらほら」
　茅野が指さした先では、寺坂が竹林と会話していた。
「あー、そういうことか」

渚も茅野の言いたいことがすぐにわかった。
「尾行しちゃおうよ」
「うん」
　渚と茅野は、校舎のある山を下りていく寺坂と竹林の背中を追っていった。駅に着いて、寺坂と竹林が電車に乗るのを確認して、渚と茅野も乗った。ドアが閉まる瞬間、誰かが車両に飛びこんでくる。
「カルマ君!?」
「やあ。探偵ごっこしてるの？」
「ちがうよ、寺坂君を追いかけて英単語の勉強を一緒にしようと……で、カルマ君はなんでここにいるの？」
「襲われやすそうな渚君と茅野ちゃんが無防備に歩いてたから、カツアゲしようって寄ってくるヤンキーが釣れるかなって待ってたんだ」
「ヤンキー釣り……」
　茅野があきれた。こうして渚と茅野にカルマも加わって、寺坂と竹林を追う。そうして行きついた先は……。
「やっぱり！」
　渚と茅野は思わず見合って叫んだ。寺坂と竹林が入っていった先は、『メイド喫茶・白黒』だ。
「行こう」
「えっ、入るの？」
「だってこのままじゃ、メイド喫茶で遊びっぱなしになっちゃうよ」
　渚はためらいなくメイド喫茶に入っていく。
「へえ、これが噂のメイド喫茶か」
　カルマは興味ありげに入り口を見回して入り、茅野も慌てて後に続いた。

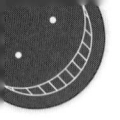

「いらっしゃいませ、ご主人様！」
　渚達を待ち構えていたのは、ゴシックな服に身を包んだメイド達だ。渚はその雰囲気に圧されて一瞬たじろいだ。
「わあー、かわいいですぅ」
　渚と茅野はメイド達に囲まれてかわいい、かわいいと連発される。カルマはちょっと距離を取って、そんな様子を面白そうに眺めた。
「こんなかわいいご主人様、うれしいです！」
　猫耳をつけたメイドが3人をテーブル席に案内した。渚は店内をキョロキョロと見回す。
「メイド喫茶って、こんな感じなんだ……」
「渚は初めて？」
「もちろん初めてだよ」
「あたしも初めて……」
　茅野はラブリーな物があふれている店内を目を丸くして眺めた。
「寺坂君と竹林君が見当たらないや」
「もっと奥かな」
「じゃあ、ちょっと偵察に……」
　渚が立ち上がろうとした時、猫耳メイドがメニューを持ってきた。
「なにになさいますか、ご主人様？」
「えっ、あの、その……」
　ご主人様と呼ばれることに慣れなくて、渚は慌てた。メイドが開いたメニューにせわしなく目を通す。
「……紅茶とかパフェとかだけじゃなくって、ゲームとかあるんだ」
「はい、ございますよ。『ご主人様の萌え萌えメイド変身！』、『萌

え萌え危機一発』、『萌え萌え罰ゲーム』……」
　茅野が渚の腕を突っついた。
「いたよ、寺坂と竹林君」
　店の奥で、寺坂と竹林がテーブルについている。ちょうど飲み物が来たところで、湯気の立っているティーカップに入った熱いお茶をメイドにフーフーしてもらっていた。竹林は教室での様子とは違い、胸を反らせて鷹揚(おうよう)にふるまっている。対照的に、寺坂は緊張しながらニヤけていて、複雑な表情になっている。
「竹林君は『萌えの帝王』っていう貫禄だね。それに引き替え、寺坂のだらしないこと」
「そ、そうかな。どっちかっていうと、寺坂君の反応のほうが普通なんじゃない？」
　渚の声に竹林が気付いた。
「……渚君？」
　渚は控えめに手を挙げた。
「なんでお前らがここにいるんだよ！」
「だって、英単語やんないとまずいよ」
「土曜くらい遊ばせろよ。わざわざ追っかけてくるんじゃねーよ」
「英単語できてるならいいけど、自信ある？」
「ああ、あるよ」
「じゃあさ、試してみようよ。『萌え萌えスクラブル』ください」
　茅野がメイドに注文した。
「これ、クロスワードみたいに英単語をつなげていくんだよ。QとかZとかを混ぜて単語を作ると高得点なんだよね」
「ご注文ありがとうございます！　『萌え萌えスクラブル』は高得点を出すとメイドの癒しがボーナスでついてきます」

「ほほう、それはやりがいがあるね」
　竹林がニヤッと笑った。
　猫耳メイドがスクラブルを持ってくる。メイド達が見守るなか、渚達はボードの上にアルファベットのコマを並べていく。
「僕は得意分野でいかせてもらうよ」
　竹林がメガネを光らせてコマを置いた。
「"DIMENSIONAL"……どういう意味？」
「『次元』だよ。2DのDは、"DIMENSION"のDだ」
「さすが竹林君」
「じゃあ、これはどうだ」
　寺坂が手持ちのコマを次々に置いていった。
「QUIZ！　QとZ両方入ってる。すごい！」
「ま、あそこに書いてあったんだけどな」
　寺坂は壁に貼られているメニュー表を指した。
　―メイドと萌え萌えQUIZ―
「カンニングじゃん！」
「へへ、壁を見ちゃいけないなんてルールは聞いてないぜ」
　猫耳メイドが得点を数えた。
「すごいです、20点超え！」
「メイドさんの番だよ」
　盤上に並べられた単語は――
　TENTACLE（触手）
　ん!?　と渚がメイドを見ると、そこにいたのはメイド姿のコスプレをした殺せんせーだった。
「メイドのヌルヌル肩もみでラクになーれ！」
「お前かよ、タコ！」
　寺坂は肩を揉んでいる触手を振り払った。
「いやいや、さすがの僕もこれには萌え要素を見つけられな

いな。メイドダコでは」
「そんなつれないこと言わないで、一緒に萌えの国を楽しみましょう！」
　寺坂達のテーブルについた殺せんせーは、パフェをぱくついている。
「なんでお前が一番なじんでんだよ、タコ！」
　怒っている寺坂を横目に、今度は渚がコマを並べた。
　ーM-E-I-Dー
「渚君、その単語はなんですか？」
「『メイド』です。ここはメイド喫茶だから……」
「ちがう」
　間髪入れずに竹林がツッコんだ。
「M-A-I-Dだよ。メイド喫茶でメイドの綴りを間違えるなんて、嘆かわしい。罰ゲームものだな」
「ええっ!?」
「竹林君、すっかりご主人様が板についてるわ……」
「ここのメニューをよく見ろ。『罰ゲーム』というのがあるだろう？」
「じゃあじゃあ、これください！」
　茅野が指したのは、『萌え萌えロシアンルーレット』だ。
「えっ、えっ、なんでそれ注文しちゃったの？」
「『萌え萌え人形焼のうち、1つだけ激辛が入ってます』ってあるんだもん。1個だけ辛子の饅頭とか、そういうの大好き！」
　茅野が興奮していると、さっそく猫耳メイドが人形焼の盛られた皿を運んできた。
「盛り上がりますねえ、こういうヌルくて楽しいゲーム。ど・れ・に・し・よ・う・か・な……」
　人形焼を前に目移りする殺せんせー。

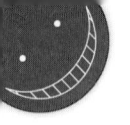

「ワクワクしてんじゃねーよ！　お前は関係ないだろ」
「どうせなら、みんなでやりましょうよ。そのほうがぜったい楽しいですって」
「じゃあ、みなさん１口でパクっていってくださいね。萌え萌えロシアンルーレット！」
　猫耳メイドの合図で、寺坂と竹林、渚と茅野とカルマ、そして殺せんせーと猫耳メイドも人形焼を口に入れた。
「これ、おいしい！　……当たりは誰？」
　茅野が尋ねる。
「僕は残念ながら当たらなかったよ。こういう時に当たりを引くと、ご主人様冥利に尽きるのだけど」
　竹林が言いかけたところで、寺坂がゴフッと咳きこんだ。
「ンだこれ！　メチャクチャ辛いじゃねーか！」
「当たりに入ってるのは、激辛唐辛子のブート・ジョロキアですぅ」
「なんだ、俺の得意技じゃん」
　カルマがカバンからブート・ジョロキアを２つ取り出した。
「マジかよっ」
　寺坂は水をがぶ飲みすると、今度は殺せんせーのパフェを奪って口の中に流しこんだ。ところが、途中で止めるとまた咳きこんだ。
「なんだよこれ!?　すっげー辛い!!」
「バカだなあ。せっかく殺せんせーに仕こんだのを、わざわざ食っちゃうなんて」
　カルマが悪魔の微笑みを浮かべていた。

二次元

2 two
DIMENSIONAL

いたっけこんなでかい版

remarkable
[rimáɚkəbl]
形容詞 めざましい
例文 It's remarkable that he made this fake nose.
彼がこのつけ鼻を作ったなんて驚きだ

board
[bɔ́ɚd]
名詞 板、掲示板、委員会
用例 have a seat on the board
委員会の一員である

especially
[ispéʃəli]
副詞 （文修飾で）とくに、とりわけ
例文 Do you like Hemingway?
Not especially.
ヘミングウェイは好き？
いや、とくに

relative
[rélətɪv]
名詞・形容詞 親戚、同類／相対的な、比較的
用例 a close/distant relative
近い/遠い親戚
反意語 absolute：絶対的な

tool
[túːl]
名詞 道具、手段
例文 Our excursion guide may also be used as an attacking tool.
ぼくらの修学旅行のしおりは武器としても使えそうだ

select
[səlékt]
他動詞 を選ぶ
派生語 selection：選ぶこと
類義語 pick, choose

stage
[stéɪdʒ]
名詞 時期、段階、ステージ
用例 the early/final stages of
〜の序盤/終盤

tradition
名詞 ━ ━ ━ ━ 伝統
[trədíʃən]
派生語 traditional：伝統的な
類義語 custom, convention：慣習

skill
名詞 ━ ━ ━ ━ 技術、技量
[skíl]
用例 learn/develop assassination skills
暗殺の技術を学ぶ / 磨く
派生語 skilled, skillful：熟練した

"In her own way, she finds the necessary **skills** to kill me. She challenges and overcomes them just as she does with foreign languages."

彼女は〈私〉を殺すのに必要な技術を自分なりに考え外国語に挑戦して克服するように

boring
━ ━ ━ **形容詞** ━ つまらない
[bɔ́ːriŋ]
注意 bore はいわゆる「させる動詞」なので、以下の区別に注意ですねぇ
He's bored. 彼は退屈している
He's boring. 彼はつまらないやつだ

casual
━ ━ ━ **形容詞** ━ カジュアルな、気軽な
[kǽʒuəl]
反意語 formal：フォーマルな、堅苦しい

prison
名詞 ━ ━ ━ ━ 刑務所
[prízn]
類義語 jail
派生語 imprison：投獄する

mental
━ ━ ━ **形容詞** ━ 精神の、精神的な
[méntl]
用例 mental breakdown：神経衰弱
反意語 physical：身体の、身体的な

principle
[prínsəpl]

名詞 ■■■■■ 行動規範、信条、主義

例文 He has a unique teaching principle.
彼は教育に関してユニークな信条を持っている

注意 principal：主要な／校長、主役

"......!!"
That chief director...
he'd go *this* far for his **principle's** sake*!!*

region
[ríːdʒən]

名詞 ■■■■■ 地域

例文 Our teacher has a soft spot for sweets despite the region where it comes from.
せんせーは地域によらずスウィーツに目がない

release
[rilíːs]

名詞 ■ 他動詞 ■■■ 釈放、(CDなどの)リリース／を解放する、を公表する

例文 No information about the target has been released.
ターゲットに関する情報はまだ全く公開されていない

blood
[blʌd]

名詞 ■■■■■ 血液、血統

用例 blood-thirsty：血に飢えた
例文 Coz we're brothers of the full blood.
だって俺達、血を分けた兄弟なんだから

wise
[wáɪz]

■■■ 形容詞 ■ 賢明な

用例 a wise move：賢明な行動
類義語 clever：頭の回転が速い
類義語 intellectual：知能が高い
反義語 fool, stupid：ばかな、愚かな

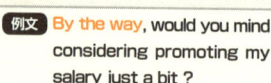

salary
[sǽl(ə)ri]

名詞 ■■■■■ 給料

例文 By the way, would you mind considering promoting my salary just a bit?

名詞 ― **他動詞** ― ― 見直し、批評／を再検討・復習する、を批評する

review
[rɪvjúː]

例文 To review is essential to memorize English words.
英単語を暗記するには復習が欠かせない

名詞 **自動詞** **他動詞** ― ― 低下／減少する／を断る

decline
[dɪkláɪn]

用例 decline an offer/invitation
申し出／誘いを断る

類義語 refuse

"incline" は「傾く、傾向がある」という意味で反意語ではありませんよ！

名詞 **自動詞** **他動詞** ― ― 近づくこと／接近・研究方法／(に)近づく

approach
[əpróʊtʃ]

用例 a new approach to Salinger
サリンジャー研究の新しいアプローチ

例文 The deadline is approaching.
しめきりが近づいている

― ― **他動詞** ― ― を取り外す、を取り除く

remove
[rɪmúːv]

派生語 removal：移動、除去

類義語 get rid of

― ― ― **形容詞** ― 国際的な

用例 an international airport：国際空港

international
[ìntɚnǽʃ(ə)nəl]

名詞 ― ― ― ― 客、顧客

customer
[kʌ́stəmɚ]

類義語 consumer：消費者

類義語 client：依頼人

類義語 guest：招待客

― **自動詞** ― ― ― にある、からなる

consist
[kənsíst]

例文 Happiness consists in contentment.
幸福は満足にあり

例文 The committee consists of five members.
その委員会は5人からなる

名詞 ▭▭▭▭ 課題、任務

task
[tǽsk]

例文 We were given the task of killing our teacher.
ぼくらはせんせーを殺すという任務を与えられた

類義語 job：仕事

名詞 ▭▭▭ **形容詞** ▭ 話題、テーマ、科目、主語／支配されている

subject
[sʌ́bdʒɪkt]

用例 the subject of a discussion：論議のテーマ
例文 He's not subject to the laws of nature.
彼は自然の法則に支配されていない

派生語 subjective：主観的な ⇔ objective：客観的な

▭ **自動詞** **他動詞** ▭▭ ～だろうかと思う／あれこれ考える

wonder
[wʌ́ndɚ]

例文 I wonder if it will rain. 雨が降るのかな
例文 Do not wonder about your future too much.
将来についてそんなに考えすぎるな

注意 wander：歩き回る

名詞 ▭▭▭▭ 身元、個性、アイデンティティ

identity
[aɪdéntəti]

用例 hide one's identity：素性を隠す
用例 identity card：身分証明書、ID

名詞 ▭▭▭▭ 学年、成績、等級

grade
[gréɪd]

類義語 level：水準、平らな

"My boss is in a good mood because his daughter's **grades** improved thanks to Ritsu's lessons."

律の授業で成績が上がったと上司もご機嫌だ

▭▭ **他動詞** ▭▭ を投げる

throw
[θróʊ]

用例 throw a knife at the teacher
せんせーめがけてナイフを投げる
用例 throw away：捨てる

behavior
[bɪhéɪvjɚ, bə-]

名詞 ふるまい

派生語 behave：行動・態度をとる
用例 Behave yourself!：ちゃんとしなさい！
注意 イギリスでは behaviour と綴ります

awful
[ɔ́ːf(ə)l]

形容詞 最悪の、ものすごい

類義語 awesome：重大な、ヤバい
例文 She ditched me!
Seriously? That's awful.
彼女にフラれちまった！マジか、ひでぇな！

replace
[rɪpléɪs]

他動 を取り替える、にとってかわる

例文 He replaced the former teacher.
彼は前の先生と入れ替わった
派生語 replacement：後任者

drug
[drʌ́g]

名詞 薬、麻薬

"use"には「麻薬をやる」というスラングっぽい意味もあるんだ

instrument
[ínstrəmənt]

名詞 楽器、道具

用例 a dentist's instrument：歯科用器械

"tool"よりも精密なものに使う単語です！

urge
[ɚ́ːdʒ]

名詞・他動 を強く促す／衝動

例文 Our teacher urged us to obey his strict poolside manners.
せんせーは彼の厳しいプールサイドマナーに従うよう強く命じた

native
[néɪtɪv]

名詞・形容詞 出生地の、母語の、土着の／出身者

用例 native tongue (=language)：母語
例文 I'm a native of Hokkaido.
私は道産子である

official
[əfíʃəl]

名詞 — — 形容詞 —

公式の、職務上の／官僚

用例 an official document：公式文書
派生語 officer：将校、警官、役員

enemy
[énəmi]

名詞 — — — —

敵

"However... we do not know who our **enemy** is. They may also act as a guest to attack us. Let's go on full alert."

（漫画内セリフ）
ただし…我々も敵の顔を知りません
敵もまた客のフリで襲って来るかもしれない
充分に警戒して進みましょう

poem
[póʊəm]

名詞 — — — —

（一篇の）詩

用例 a poem by T. S. Eliot
T. S. エリオットの詩
派生語 poet：詩人
派生語 poetry：（文学形式としての）詩

style
[stáɪl]

名詞 — — — —

様式、流儀、スタイル

用例 in Gothic style：ゴシック様式で
例文 Her teaching style is rather erotic.
彼女の教え方はやたらエロい

stair
[stéɚ]

名詞 — — — —

(stairsで) 階段

派生語 upstairs/downstairs
上／下の階で、上／下の階へ

stare
[stéɚ]

— 自動詞 — — —

じっと見つめる

例文 I'm sure he'll be stared at when he goes to the stadium.
彼はスタジアムに行ったらじろじろ見られるに違いない

legal
[líːg(ə)l]
形容詞
合法的な、法律の
反意語 illegal：違法の
例文 That hotel is a hotbed of various illegal deeds.
そのホテルは種々の違法行為の温床だ

win
[wín]
名詞 自動詞 他動詞
勝利／(に) 勝つ、を勝ち取る
用例 win the race/war/election：競争／戦争／選挙に勝つ
注意 他動詞で目的語に「相手」が来る時は、beatを用います
beat the rival：ライバルに打ち勝つ（win the rival は ×）
反意語 defeat, loss：敗北、負け　lose：負ける

independent
[ìndɪpéndənt]
形容詞
独立した、独立心のある
用例 an independent band
インディーズバンド（= indie）
派生語 independence：独立
⇔ dependence：依存

permit
[pəmít]
他動詞
を認める
用例 Assassinating is not permitted in class.
授業中の暗殺は禁止です
派生語 permission：許可

miss
[mís]
他動詞
をし損なう、がいなくて辛い
用例 miss lunch/the train.
ランチを食べ損ねる／電車を逃す
例文 I still miss the old life.
いまだに昔の生活が恋しい

apart
[əpáːt]
形容詞 副詞
離れて、〜違いで／ばらばらに、別々に
用例 two miles [weeks] apart
2マイル離れて [2週間違いで]
用例 take a clock apart：時計を分解する

attempt
[ətém(p)t]
名詞 他動詞
挑戦／に挑戦する
用例 attempt to do：〜しようと試みる

rate
[réɪt]
名詞 — 他動詞 — — 割合、料金／を評価する
- 用例 the unemployment/divorce/crime rate：失業率、離婚率、犯罪率
- 用例 rate him highly：彼を高く評価する

data
[déɪtə]
名詞 — — — — データ
- 用例 collect/gather data：データを収集する

"data" は実は複数形で単数系は "datum" です。間違って "datas" とは書かないように！

remind
[rɪmáɪnd]
— — 他動詞 — — に思い出させる
- 例文 Remind me to buy batteries.
  電池を買うように言ってね
- 派生語 reminder
  思い出させるもの、催促

vision
[víʒən]
名詞 — — — — 視覚・視野、展望、先見の明
- 用例 the field of vision：視野
- 用例 a vision for the future
  将来の展望

shape
[ʃéɪp]
名詞 — 他動詞 — — 形、体型／を形づくる、決定づける
- 用例 a teacher in the shape of an octopus
  タコの形をした教師
- 用例 shape one's course：針路を決める

method
[méθəd]
名詞 — — — — 方法
- 例文 We are inventing new killing methods on a daily basis.
  ぼくらは日々、新たな殺し方を考案している

"Furthermore, you are a student, a transfer student in fact. You must think of a **method** by yourself how to cooperate with everyone."

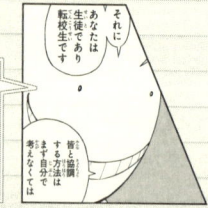

それにあなたは生徒であり転校生です

皆と協調する方法はまず自分で考えなくては

| 名詞 | — | — | 形容詞 | — | **主要な、最高位の／長** |

chief
[tʃíːf]

用例 the chief director：理事長

| 名詞 | — | 他動詞 | — | — | **実験、新しい試み／を経験する** |

experiment
[ɪkspérəmənt]

用例 as an experiment
ひとつの実験（試み）として

| — | — | — | 形容詞 | — | **珍しい、（肉が）レアの** |

rare
[réɚ]

例文 It is rare for him to lose his temper.
彼が怒るのは珍しい

派生語 rarely
めったに〜ない (⇔ frequently, often)

| — | — | — | — | 副詞 | **簡単に** |

easily
[íːz(ə)li]

例文 Gambling can easily become an addiction.
ギャンブルはすぐにクセになる

| 名詞 | — | — | — | — | **版、バージョン** |

version
[vˈɚːʒən]

例文 She has read Salinger in the original version.
彼女はサリンジャーを原文で読んでいた

| 名詞 | — | 他動詞 | — | — | **主人／を主宰する** |

host
[hóʊst]

類義語 hostess：（女性の）主人
反意語 guest：客

| — | — | 他動詞 | — | — | **を破壊する** |

destroy
[dɪstrˈɔɪ]

例文 He can destroy the Earth any time.
彼はいつでも好きな時に地球を破壊できる

army
[άɚmi]

名詞

(陸)軍

参考 海軍：navy
空軍：air force

despite
[dɪspáɪt]

前置詞

〜にもかかわらず

例文 We went for a walk despite the rain.
雨なのに散歩にでかけた

類義語 in spite of, notwithstanding

ignore
[ɪgnˈɔɚ]

他動詞

を無視する

例文 He always ignores the context of story.
彼はいつも話の文脈を無視する

派生語 ignorance：無知

ordinary
[ˈɔɚdənèri]

形容詞

普通の、平凡な

反意語 extraordinary：非凡な

I smiled, and approached him in an **ordinary** way.

笑って普通に歩いて近付いた

receive
[rɪsíːv]

他動詞

を受け取る

派生語 receipt：領収書　reception：歓迎会

field
[fíːld]

名詞

農地、競技場、分野、戦場

例文 That's not my field.
それは私の専門外だ

lose
[lúːz]
自動詞 他動詞 を失う、（に）負ける
例文 Our English teacher loses her temper easily.
ぼくらの英語の先生はキレやすい

attention
[əténʃən]
名詞 注意、注目
用例 pay attention to
〜に注意を払う（=attend to）
用例 get attention：注目を集める

volunteer
[vàləntíɚ]
名詞 自動詞 ボランティア／進んで申し出る
例文 He volunteered to reveal his own weak point.
彼は進んで自らの弱点を暴露した

justice
[dʒʌ́stɪs]
名詞 正義、司法
派生語 just：ちょうど、正しい
派生語 justify：正当化する

surround
[səráʊnd]
他動詞 を囲む
例文 Our teacher was surrounded and trapped by the sheets.
せんせーはシーツに囲まれてしまった
派生語 surroundings：周辺、環境

confidence
[kɑ́nfədns]
名詞 信頼、自信
用例 have/lose confidence in
を信頼している／信頼しなくなる
派生語 confident：自信がある
派生語 confide：（秘密）を打ち明ける

variety
[vəráɪəti]
名詞 多様性
用例 the variety of his interests
彼の趣味の多様さ
用例 a variety of：いろいろな〜
派生語 various：さまざまな　vary：さまざまである、異なる

名詞 — 他動詞 — — を述べる、を表現する／急行（電車など）

express

[ıksprés]

用例 express myself：自己表現する

名詞 — — 形容詞 — 値する／（優れた）価値

worth

[wˈɚːθ]

例文 The exam will be worth the effort.
試験は頑張りがいのあるものになるだろう

例文 It may be worth while going to Kushiro.
釧路には行ってみる価値があるかも知れない

"The quality of Japanese *dagashi* is wonderful. It's **worth** to come and buy them, even if I have to come in disguise."

日本の駄菓子のクオリティは素晴らしい
変装してでも買いに来る価値はありますねぇ

— — — 形容詞 — 世界的な

global

[glóʊb(ə)l]

用例 on a global scale：世界的な規模で
派生語 the globe：地球、世界

— — — 形容詞 — 批判的な、重大な

critical

[krítɪk(ə)l]

用例 be of critical importance
= critically important：極めて重要
派生語 criticize：を批判する
派生語 critic：批評家　criticism：批判、批評

名詞 — — — — 量、額

amount

[əmáʊnt]

用例 a large/small amount of money
巨額／少額の金

— — — 形容詞 — 薄い、やせた、まばらな

thin

[θín]

例文 She has especially thin lips.
彼女の唇はとりわけ薄い
反意語 thick：厚い、濃い　dense：濃い　fat：太った
派生語 thinner：シンナー

market
[mɑ́ɚkɪt]

名詞 - 他動詞 - - 市場／を販売する

派生語 marketing：販売促進

examine
[ɪgzǽmɪn]

- - 他動詞 - - を考察する、を調査する

用例 examine how he got those tentacles
彼がどうやってその触手を入手したのか調査する

派生語 exam：試験、テスト

派生語 examination：調査

core
[kɔ́ɚ]

名詞 - - - - 核心、中核

用例 to the core：徹底的に

用例 a hardcore father complex
ハードコアファザコン

alive
[əláɪv]

- - - 形容詞 - 生きた

例文 If we don't succeed in killing our teacher, we won't be alive next year.
せんせーを殺せないと、ぼくらは来年生きていられれない

cent
[sént]

名詞 - - - - セント（1ドル、または1ユーロの100分の1）

類義語 dollar：ドル　euro：ユーロ

"¢"は『セント』"$"は『ドル』"€"は『ユーロ』は覚えていて損はないですよ。ちなみにCENTは100という意味です！

mayor
[méɪɚ, méɚ]

名詞 - - - - 市長

注意 にゅやッ！マヨネーズ（mayonnaise）を略すと"mayo"になります！似てますねぇ

system
[sístəm]

名詞 - - - - システム、制度、体系

用例 his cruel educational system
彼の冷酷な教育制度

派生語 systematic
組織的・体系的な、システマティックな

quality
[kwáləṭi] — 名詞

質、性質

- 用例 quality of life：生活の質、QOL
- 派生語 qualify：資格がある、に資格を与える
- 反意語 quantity：量

farm
[fáɚm] — 名詞

農場

- 派生語 farmer：農場経営者

employ
[ɪmplˈɔɪ] — 他動詞

を雇う、(方法など)を採用する

- 例文 Our teacher employed an adult way to treat her.
  せんせーは彼女を手入れするのに大人のやり方を用いた

entertainment
[èntɚtéɪnmənt] — 名詞

娯楽、エンターテインメント

- 用例 an adult entertainment
  大人向けの娯楽
- 派生語 entertain：を楽しませる

unique
[juːníːk] — 形容詞

独特な、唯一の

- 例文 Our teacher has a unique laughter.
  せんせーの笑い方は独特だ

> ヌルフフフ……"uni"は『ひとつの』という意味ですからね

divide
[dɪváɪd] — 自動詞 他動詞

分かれる／を分ける

- 例文 Our teacher can divide multiply.
  せんせーは何重にも分身できる
- 派生語 division：分割、部門、分裂

rid
[ríd] — 他動詞

を取り除く

- 例文 I can hardly get rid of this sliminess.
  このヌメヌメ感がほとんど取れない

名詞 ---- 皮膚

skin
[skín]

用例 cast off one's skin
脱皮する

ホラ もとどおり

---- **形容詞** - 不可欠な、本質的な

essential
[ɪsénʃəl]

派生語 essentially：本質的に
注意 "necessary" も「必要な」ですが "essential" よりは意味が弱いんです

---- **形容詞** - 古代の

ancient
[éɪnʃənt]

例文 Heading for the exams, we felt like ancient gladiators.
テストに向かうぼくらは古代の剣闘士のように思えた
反意語 contemporary, modern：現代の

名詞 ---- 協力、援助

cooperation
[koʊɑ̀pəréɪʃən]

用例 in cooperation with：〜と協力して

Thank you, for **cooperating** with my education methods.

ありがとう 私の教育に協力してくれて

名詞 ---- 反応

reaction
[riˈækʃən]

派生語 react：反応する（前置詞 to）

---- **副詞** ほとんど、事実上

virtually
[vˈɚːtʃuəli]

例文 He is virtually dead.
彼は死んだも同然だ
類義語 practically

investigate
[ɪnvéstəgèɪt]
他動詞 ～を調査する
例文 Police are still investigating the murder.
警察はいまだその殺人事件を調査している
派生語 investigation：捜査
類義語 look into

construction
[kənstrʌ́kʃən]
名詞 建設、建造物
用例 under construction：建設中

community
[kəmjúːnəti]
名詞 コミュニティ、地域社会、共同社会
用例 the academic community：学界
用例 the American community in Tokyo
東京のアメリカ人社会

unit
[júːnɪt]
名詞 単位、部門、一団
例文 The family is the basic social unit.
家族は社会の基本的な単位である

entire
[ɪntáɪə]
形容詞 全体の、完全な
用例 the entire day/family
まる一日／家族全員
派生語 entirely：完全に
類義語 complete, whole

career
[kəríə]
名詞 仕事、経歴
例文 He has a brilliant career before him.
彼には輝かしい未来が約束されている

hill
[híl]
名詞 丘
反意語 valley：谷
例文 Her breasts are like hills and valleys.
彼女の胸はさながら丘と谷のごとし

名詞 　　　　**手がかり**

clue
[klúː]

用例 get a clue to a question
問題解決へ手がかりを得る

名詞 　　　　**結果**

consequence
[kάnsɪkwèns]

用例 by natural consequences
自然のなりゆきで

類義語 effect：結果・効果

名詞 　　　　**要因、要素**

factor
[fˈæktɚ]

例文 Poverty is only one of the factors in crime.
貧困は犯罪の要因の1つであるにすぎない

名詞 **自動詞** 　　　　**機能、職務／作動する**

function
[fˈʌŋ(k)ʃən]

例文 The press fulfills a valuable function for our community.
報道機関はコミュニティにとって有益な役割を果たしている

"In addition, she has an excellent ability to learn and also a **function** of remodeling her weapons."

名詞 　　　　**穴**

hole
[hóʊl]

例文 Our teacher cracked a joke "an octopus pot," crawling into a hole.
せんせーは穴に入って「たこつぼ」とギャグをかました

名詞 　　　　**可能性、予想、見こみ**

prospect
[prάspekt]

用例 a guy with good prospects
将来有望なやつ

3-E 特別授業

殺せんせーの 世界の食！トラベル航路

巨乳主義：breastism

殺せんせーDATA
生まれも育ちも地球。1年後の地球爆破まで、E組の担任に就いた謎の生物。殺せんせーの命名者はカエデ。

生徒達だけでなく、先生の作った本ですから、先生もトラベルガイドを英語で紹介してみましょう。

CASE1 麻婆豆腐 Mapo doufu

to 中国 四川省 Sichuan, China

おおよそ 3300km

東京から**まっすぐ西へ** 3300km ほど行くと、
岷山山脈の主峰・雪宝頂が**見えてきます**。

Go straight west of Tokyo for about 3300km,
and you will see Mt. Xuebaoding,
the main mountain of the Minshan.

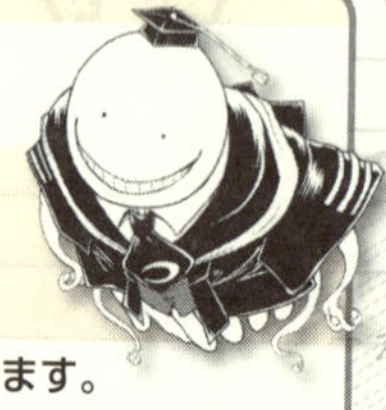

それを右に見つつ、左へ曲がり、南へ 215km ほど行きます。

Keeping that on your right, turn left and go south for about 215km.

すると、成都市の西側、浣花渓公園の北門に**到着します**。レストランはその**向かい**にありますよ。

Then, you will find yourself west of Chengdu, at the north gate of the Huanhua Xi Park. The restaurant is on the opposite side of the gate.

時間は 10 分も**かかり**ませんね。

It shouldn't take you more than 10 minutes.

CASE2 ジェラート / Gelato

to イタリア フィレンツェ / Firenze, Italy

おおよそ **9800km**

西へ 5000km ほど行くと、エベレストが**左手**に見えてきます。このあたりで**中間**です。ここから 800km ほど行くと、**世界一**登頂が難しいと言われているK2(ケーツー)を見ることができますよ。
Go west for about 5000km, and you will see Mt. Everest on your left. That's about half way. Go another 800km and you can see K2, which is said to be the most difficult mountain to climb in the world.

それから、カスピ海、黒海、アドリア海を渡って、さらにフィレンツェ大聖堂からリカーソリ通りを北西へ 350m ほど**進む**と、**やっと**お店に到着です。
Next, go past the Caspian Sea, the Black Sea and the Adriatic Sea, then go down Ricasoli street from the Firenze Cathedral to the northwest for about 350m, and we find the shop at last.

25 分ほど**かかって**しまうので、ちょっと**遠い**んですよねぇ。**帰りは**、ジェラートが**溶けない**ように成層圏を飛んだほうがよいでしょう。
It's quite far as it takes about 25 minutes. I suggest that you fly at stratospheric altitude on the way home so your gelato doesn't melt.

CASE3 かき氷 / Shaved Ice

to 北極 / Arctic

おおよそ **6000km**

真北へ 6000km ほど行くと、北極点に**到着**です。
Just go due north for about 6000km, you will arrive at the North Pole.

北極圏内の氷であればどこでも良いのですが、やっぱり北極点の氷が**最高**ですね。
Any ice from the Arctic is fine, but the ice precisely at the North Pole is the best by far.

所要時間は 20 分**弱**ですよ。
It won't take you more than 20 minutes.

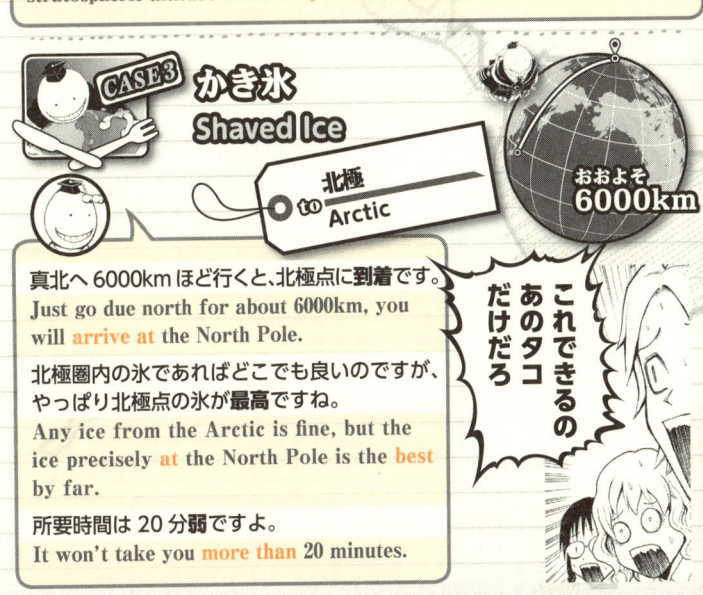

> これでできるのあのタコだけだろ

3-E 特別授業

杉野(すぎの)くんが教える 空耳英語

野球バカ: a baseball nut

杉野友人(すぎのともひと) DATA
3年E組・出席番号13番。元野球部で、現在は市のクラブチームに所属。手首がやわらかく、変化球が得意だ。

思わず使ってみたくなる!?

俺の授業は、英語なんだけど、リスニングではおかしな日本語として聞こえる空耳英語の紹介だ。

---

① 掘った芋いじるな
What time is it now?
今 何時ですか?

有名だから聞いたことある人もいるかな。語尾を上げると伝わりやすいんだ!

② 噛むと餃子
Come together!
集合!

「と」の前に少し間を置こう!

③ 下駄飛ぶ日や
Get out of here!
出て行け!

「冗談だろ?」という意味でも使えるぞ!

④ ハマチ
How much?
おいくらですか?

魚以外の品物にも、もちろん使ってOKだ!

⑤ 揚げ豆腐
I get off!
降ります!

間違えて「湯豆腐」と言わないように!

⑥ 知らんぷりー
Sit down please.
お座りください

知らんぷりせず座ってあげよう!

⑦ 鉄拳
Chicken!
臆病者!

これを言われると怒る人もいるので、使いどころには注意!

⑧ 幅ないっすね
Have a nice day! 良い1日を!

別れの挨拶として使えるので覚えよう!

CHAPTER 7
第7章　上級2
advanced 2

ついてこれてる〜?
You okay there?

殺(や)ってみると案外チョロいかもよ?
It might not be that hard once you give it a try.

7. 日曜日の過ごし方
How to spend Sunday

7. 日曜日の過ごし方

　爽やかに晴れた日曜の午後、渚は大きな橋を渡っている。手すりの向こうに、ゆっくりと川が流れている。広い河原には散歩する親子連れや犬の散歩をしている人達がぽつぽつといる。その先に、渚の目指している場所がある。

　カキーン、とボールを打つ音が聞こえてくる。
「しまっていこーぜ！」
「おーっ」
　河原の一角に設けられた野球場に、威勢のよい掛け声が響いた。中学生の市民クラブチーム同士の対戦が行われている。マウンドに立っているのは、杉野だ。いつも杉野のピッチング練習相手をしている渚は、今日の試合を見に来るよう誘われた。
「今度、新しい変化球を実戦で試してみるんだ。ぜったい見にこいよ！」
　そう意気ごんでいた杉野だが、渚がグラウンドに着いた時には１アウト一・三塁のピンチを迎えていた。
「ボール！」

審判の判定に、杉野は軽くうなずいた。
　——まだせっぱ詰まってはいないな。
　杉野の表情を見て、渚は安心した。
「ピッチャー、ふんばれーっ」
　その声に気づいた杉野は、渚を一瞥するとニヤッと笑った。滑り止めのためにロジンバッグの粉を掌にまぶし、白球を握る。キャッチャーのサインに首を横に振り、3回目でようやく縦に振った。腕を振りかぶって、ボールを放った。
　——ストレート⁉
　渚が驚くと同時に、バッターは狙いすましてスイングした。バットは鈍い音を立て、ボールはワンバウンドでショートのグラブに収まった。
　——これは……！
　ショートはセカンドにトスする。一塁ランナーをアウトにすると、セカンドはファーストに投げて打者をアウトにしてゲッツーを取り、杉野のチームは一塁、三塁のピンチを脱した。
「やった！」
　渚は拳を握って喜んだ。
「ツーシームですねぇ。杉野君も成長を続けています」

「わっ、なにしてるの？」
「スーパーで４時から食料品タイムセールをやるので、それまで時間をつぶしに来ました」
　野球帽をかぶった殺せんせーが渚の横に座っていた。当の杉野は「ヌル杉野、やったな！」とチームメートに迎えられ、苦笑いしている。
「すっかりチームにも馴染んでますねぇ」
　ポップコーンをポリポリと食べながら杉野を温かい目で見ている。
「ツーシームっていう変化球、練習で受けてたけど、どうしてあんな変化の小さなボールがいいのかわからないや」
「あれは打たせて取る用の球ですよ。ストレートと見せかけて、微妙に沈むボールなんです。すると、バッターは打ち損ねて内野にボテボテの打球が行きます。ダブルプレイを取ってくれと言わんばかりのね」
「そうか、杉野はダブルプレイを取るためにわざと……」
「そういうことです。三振を取りにいくだけでなく、ランナーを抱えた状況に応じたピッチング。成長してますねぇ」
　殺せんせーはポップコーンを口へ放った。とても満足そうな表情だ。
「わざわざ杉野の様子を見に来たんだ？」

「そうです。生徒の成長を確認するのは、先生の役目ですから」
「ねぇ、殺せんせー。いつもの休日はどうやって過ごしてるの?」

渚の質問に対して殺せんせーはちょっと遠い目になった。

「そうですね……いろいろなことをして有意義に過ごしてますよ」
「どんなこと?」
「美味しい物を探しに地球の裏側まで飛んだりですとか、雑誌の興味深い記事をスクラップするですとか」
「ああ、お姉さんのグラビアとかだね」
「そうそう、『ギリギリ水着』が5冊めに突入して、これが目の保養といいますか、……いやなんでもありません」

殺せんせーは休日の行動についてゴニョゴニョ言ってごまかした。

「先生みたいな超生物ですと、やることがたくさんあって困ってしまいますよ。給料は少ないですからお金を使う遊びはできませんが。でも、渚君みたいに、クラスの友達の活躍を応援するより充実したことはできてませんねぇ」

「でも、僕も杉野の応援しに来ただけじゃないんだ」
　渚は『殺たん』を取り出した。
「烏間先生が教えてくれたんだ。スポーツとかで身近に使われている言葉には英単語がよく使われてるから、そういうのをきっかけにして単語を覚えるといいって。野球も英語がたくさん使われてるよね？」
「そうですね。じゃあ、日本語で野球用語を言いますから、英語にしてくださいね」
「うん」
「『安全』は？」
「安全……セーフだね」
「正解です。では『無為』は？」
「『無為』!?　ぜんぜんわかんないよ」
「アウトのことです」
「無理あるって、それ」
「では、『対打機関』はなんでしょう？」
　渚はうーん、となった。
「バッテリーですよ」
「なんでむりやりムチャな日本語に？」
「戦争をやってた時は、英語を全部なくして日本語にしてたんですよ」

ちょうどその時、審判が「フォアボール！」とコールした。
「そうそう、さっきのツーシームも、『２つの縫い目』っていう意味ですね。このボールの縫い目のことです」
　殺せんせーの顔に野球ボールの縫い目が浮かんだ。
「殺せんせー、人前でやっちゃまずいよ」
「そうでした。渚君、積極的な姿勢はとても素晴らしいですが、休日は休日です」
　カキーン、と快音が河原に鳴った。杉野がランナー一・二塁のチャンスに長打を放ったのだ。ランナー２人が生還し、杉野はセカンドベースに滑りこんだ。
「やったぁ！」
　渚が杉野に向かって親指を立てて讃えると、杉野もガッツポーズで応じた。
「でもさ、月曜日のテストに一刺し券がかかっていると思うと、頑張らなきゃなぁ、ってね」
「先生は一刺しごときではビクともしません。オフはリラックスすることも大切ですよ。充実したオフこそ、明日の活力になると思うんですけどねぇ」
　殺せんせーは風船ガムをぷーっと膨らませた。憎らしいほどリラックスした表情だ。
「殺せんせー」

「なんです?」
「ガム、1枚ちょうだい」
　ヌルフフフ、と殺せんせーは笑った。
「そうそう、その調子です。はいどうぞ」
　手袋をはめた触手でポケットからガムを1枚差し出した。渚がそれを受け取ると、
「1枚10円ですけど」
「ケチ、ガムくらいくれたっていいじゃない」
「冗談ですよ。でも、給料日前なので半分本気です」
　殺せんせーの笑顔が引きつり、だんだん泣き顔になっていく。
「いや……冗談ではなく……本気なんです」
「地球を破壊しようっていう超生物のくせに、そこまでして10円を欲しがるって……」
　そんな2人のやりとりをよそに、杉野は快調なピッチングを続けている。大きく曲がりながら縦に落ちるカーブがバッターの空振りを誘った。
「ストライク、アウト!」

ついに迎えた
杉野 vs コロベンの
宿命の対決!!!
合言葉は
Go for broke!!
当たって砕ける

名詞 ━━━━━

おきて、法、暗号、コード

code
[kóʊd]

用例 the criminal code：刑法

名詞 ━━━━━

一品、品目、記事

item
[áɪṭəm]

用例 a luxury item：ぜいたく品

名詞 ━━━━━

地位、身分

status
[stéɪṭəs]

用例 social status
社会的地位

"Frankly, I must have class-E keep the same **status**."

（率直に言えば、ここE組はこのままでなくては困ります）

━━他動詞━━

を定義する、を明確にする

define
[dɪfáɪn]

例文 We define "zero forever" as A.
我々は「永遠のゼロ」をAであると定義する

派生語 definite：明確な definitely：間違いなく

派生語 definition：定義

名詞 ━━━━━

癌

cancer
[kˈænsɚ]

例文 He died of cancer.
彼は癌で亡くなった

━━他動詞━━

と決めこむ、を引き受ける

assume
[əsúːm]

例文 I assume that he is honest.
私は彼を正直だと思う

用例 assume the chair：議長を務める

類義語 assumption：仮定

account
[əkáʊnt]

名詞 報告、説明、口座、帳簿

例文 He stabbed an octopus on account of his youthfulness.
彼は若気の至りでタコをぶっさしたりした

参考 中二病：sophomore disease, soph-disease

option
[ápʃən]

名詞 選択肢、選択権、オプション

用例 grant an option：随意の選択を許す

派生語 optional：任意の

tie
[táɪ]

名詞／**他動詞** を結びつける、を締める／ネクタイ

例文 They tied and locked up our classmates.
ヤツらはぼくらのクラスメイトを縛り上げて監禁した

dirty
[dˈɚːṭi]

形容詞 汚い、ずるい、卑猥な

用例 a dirty trick：卑劣な策略

用例 have a dirty mind：いやらしい

派生語 dirt：土、汚れ

observe
[əbzˈɚːv]

他動詞 を観察する

派生語 observation：観察

派生語 observer：評論家、オブサーバー

establish
[ɪstˈæblɪʃ]

他動詞 を設立する、を築く

例文 The company was established in 1987.
その会社は1987年に設立された

類義語 found：設立する

murder
[mˈɚːdɚ]

名詞／**他動詞** 殺人（事件）／を殺害する

用例 commit a murder：殺人を犯す

用例 an attempted murder：殺人未遂

名詞 会議、議会、（大文字でアメリカの）国会

congress
[káŋgrəs]

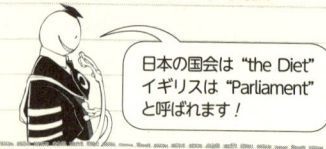

> 日本の国会は"the Diet"イギリスは"Parliament"と呼ばれます！

自動詞 他動詞 よくなる／をよくする

improve
[ɪmprúːv]

用例 improve your English
英語力を向上させる
派生語 improvement：改善

名詞 やり方、手順、手続き

procedure
[prəsíːdʒɚ]

用例 the standard procedures for planting tentacles
触手を植えつける標準的な手順

名詞 自動詞 他動詞 （を）追いかける、を追い払う／追跡

chase
[tʃéɪs]

例文 Our teacher chased (after) the thief.
せんせーは泥棒を追いかけた
用例 chase deers away：シカどもを追っ払う

自動詞 他動詞 凍る、動けなくなる／を冷凍する

freeze
[fríːz]

用例 Freeze！：動くな！（手を上げろ！）
反意語 melt, thaw：溶ける

名詞 他動詞 先端、ヒント、秘密情報／を傾ける

tip
[típ]

用例 tips on assassinating：暗殺のヒント
例文 He tipped his chair back.
彼は椅子を後ろに傾けた

名詞 端、縁、刃

edge
[édʒ]

用例 standing at [on] the edge of a cliff
がけの縁に立って

· 218 ·

名詞 ⬛⬛⬛⬛ 信頼、信念、信仰

faith

[féɪθ]

例文 I still have faith in our teacher.
ぼくはまだせんせーに信頼を置いている

派生語 faithful：忠実な

⬛ **自動詞 他動詞** ⬛⬛ 勤める、(を) 給仕する

serve

[sˈɚːv]

用例 serve at a convenience store
コンビニで働く

派生語 service：サービス、業務

名詞 ⬛⬛⬛⬛ 安全、警備 (員)

security

[sɪkjˈʊ(ə)rəṭi]

用例 a sense of security：安心感

"I hacked into the hotel's computer and found a blueprint of the inside. I also found a map of their **security** placement."

あのホテルのコンピュータに侵入して内部の図面を入手しました

警備の配置図も

⬛⬛ **他動詞** ⬛⬛ を組み合わせる、を混ぜ合わせる

combine

[kəmbáɪn]

用例 combine theory with practice
理論と実践を結びつける

派生語 combination：組み合わせ

名詞 ⬛⬛⬛⬛ けが

injury

[índʒ(ə)ri]

派生語 injure：にけがをさせる

例文 They happened to injure an old man.
彼らは老人にけがを負わせてしまった

⬛⬛ **他動詞** ⬛⬛ を詳しく説明する、を描写する

describe

[dɪskráɪb]

例文 It's almost impossible to describe my feelings.
私の気持ちを説明するのはほとんど不可能です

派生語 description：記述、描写、説明

commission
[kəmíʃən]
名詞 ▬▬▬▬

委員会、委任、任務、権限

用例 hold a commission from the Government
政府から委任を受けている

用例 go beyond one's commission
与えられた権限を越える

staff
[stǽf]
名詞 ▬▬▬▬

職員、スタッフ、杖

用例 a full-time/part-time staff
専任/非常勤職員

注意 stuff：材料/を詰めこむ

literal
[lítərəl]
▬▬▬**形容詞**▬

文字どおりの

用例 a literal meaning：文字どおりの意味

派生語 literally：文字どおりには

literary：「文学の」と混同しやすいので注意ですねぇ

concrete
[kànkríːt]
▬▬▬**形容詞**▬

具体的な、コンクリートの

用例 concrete evidence：具体的な証拠

反意語 abstract：抽象的な

election
[ɪlékʃən]
名詞 ▬▬▬▬

選挙

用例 a presidential election：大統領選挙

注意 erection：意味は（こっそり）辞書を引いて下さい！

threat
[θrét]
名詞 ▬▬▬▬

脅し、脅迫

用例 a bomb threat：爆破予告

派生語 threaten：を脅す

shift
[ʃíft]
名詞 **自動** **他動** ▬▬

転換、勤務時間／少し動く／を少し動かす、を変える

例文 He shifted his weight on the chair.
彼は椅子の上で座り直した

press
[prés]
名詞 自動詞 他動詞
を押しつける・押す／のしかかる／新聞・雑誌、報道陣、印刷会社
- 例文: I pressed my ear against the door.
  ドアに耳を押しつけた
- 用例: the freedom of the press：報道の自由

financial
[fɪnˈænʃəl]
形容詞
金銭の、財政の、金融の
- 用例: a financial crisis：財政危機
- 派生語: finance：財務、金融

aspect
[ˈæspekt]
名詞
外観、一面
- 用例: examine a question from every aspect：問題をあらゆる側面から検討する

convince
[kənvíns]
他動詞
に納得させる（目的語は人）
- 例文: She convinced me of her capacity.
  私は彼女の有能さを確信させられた
- 注意: convinced：納得した
  convincing：説得力のある

monitor
[mάnəṭɚ]
他動詞
を監視する
- 例文: The government is closely monitoring the class.
  政府はその学級を綿密に監視している

"I will be **monitoring** him of course, but the students need both technical and mental support. I have a teaching license, so don't worry about that."

・奴の監視はもちろんですが…
・生徒達には技術面精神面でサポートが必要です
教員免許持ってますのでご安心を

previous
[príːviəs]
形容詞
以前の
- 用例: a previous appointment/experience
  先約／以前の体験
- 派生語: previously：以前に

fund
[fʌnd]
名詞 / 他動詞 資金／に資金を提供する
用例 privately/publicly funded schools
私立／公立学校

promote
[prəmóʊt]
他動詞 を促進する、を昇進させる
用例 promote friendship：友情を深める
派生語 promotion：昇進、昇格、販売促進

forth
[fɔ́ːrθ]
副詞 外へ、前へ
用例 walk/argue back and forth
行ったり来たりする／あれこれ言い争う

tale
[téɪl]
名詞 物語
用例 tell a tale：話をする
用例 a tall tale：ほら話

"a" と "e" が紛らわしいですねぇ

background
[bǽkgràʊnd]
名詞 背景、生い立ち
例文 Our teacher's background is a complete mystery.
せんせーの生い立ちはまったくもって謎だ

tough
[tʌf]
形容詞 たくましい、困難な、堅い
用例 tough meat：堅い肉

estimate
名詞：[éstəmət]
動詞：[éstəmèɪt]
名詞 / 他動詞 を見積もる／見積もり、推定
例文 Try to estimate how much this was.
これがいくらだったかあててみなよ

自動 ─ ─ ─ ─ 集中する

concentrate
[kánsntrèɪt]

用例 concentrate on studying
勉強に集中する

派生語 concentration
集中（力）

> It's up to the umpire's judgment whether or not the fielders are disturbing the batter's **concentration**.

名詞 ─ ─ ─ ─ （小）道

path
[pˈæθ]

類義語 lane, alley
反意語 boulevard, avenue
（広い）道、並木道

名詞 ─ ─ ─ ─ 文脈、背景

context
[kάntekst]

用例 in this context：この文脈において
用例 political/historical context
政治的／歴史的背景

名詞 **自動** **他動** ─ ─ （を）共有する／取り分、分担

share
[ʃéɚ]

例文 We're planning to share the 10 billion yen prized on his head.
せんせーの首に懸かっている100億円は、みんなで山分けするつもりだ

名詞 ─ ─ ─ ─ 汚染、公害

pollution
[pəlúːʃən]

用例 air/water/soil pollution
大気／水質／土壌汚染

─ ─ ─ **形容詞** ─ 裸の

naked
[néɪkɪd]

類義語 nude：ヌードの　bare：むき出しの
例文 We can hardly catch sight of our teacher naked.
せんせーの裸はほとんど見ることができない

lean
[líːn] 自動詞 上体を曲げる、もたれかかる

用例 lean against/on the wall
壁によりかかる

用例 lean toward doing
〜するほうに気持ちが傾く

形容詞で「やせた」という意味もあります！

strength
[stréŋ(k)θ] 名詞 力、強さ

反意語 weakness：弱さ

例文 It is proved that my strength is superior to the wall.
俺の力はカベよりも強いことが証明された

equipment
[ɪkwípmənt] 名詞 設備、道具

用例 a piece of equipment：ひとつの道具

この単語も不可算名詞ですよ
これまでにいくつか出てきたので、
それらの単語を復習してみましょう

current
[kə́ːrənt] 名詞／形容詞 今の、通用している／（水・空気の）流れ

用例 the current trend：現在の傾向

用例 a current of air：気流

persuade
[pəswéɪd] 他動詞 を説得する

用例 persuade 人 to do/into doing
〜するよう人を説得する

chemical
[kémɪk(ə)l] 名詞／形容詞 化学物質／化学の

用例 a chemical equation：化学方程式

派生語 chemistry：化学

shoot
[ʃúːt] 他動詞 を撃つ

"shoot" は目的語に
「shoot the man：男を撃ち殺す」
「shoot a gun：銃を撃つ」
のどちらも取ることができます

incident
名詞 — — — —　出来事、事件

[ínsədnt]

用例 without incident：無事に、つつがなく

---

contact
名詞 — **他動詞** — —　接触、知人／と連絡をとる

[kάntækt]

例文 I haven't had much contact with him recently.
最近、彼とはあまり連絡を取っていない

用例 keep (in) contact with：～と連絡を取り続ける

類義語 get in touch with

---

institution
名詞 — — — —　機関、制度、施設

[ìnstət(j)úːʃən]

用例 a public institution：公共機関

用例 the institution of marriage/slavery
婚姻／奴隷制度

派生語 institute：研究所、学会

---

income
名詞 — — — —　収入、所得

[ínkʌm]

用例 annual income：年収

"I don't have any **income** until payday, either."

---

organization
名詞 — — — —　組織

[ɔ̀ːrɡənɪzéɪʃən]

派生語 organize：を準備・整理する、を組織する

派生語 organized：入念に計画された、組織的な

---

attach
— — **他動詞** — —　をくっつける、を添付する

[ətǽtʃ]

用例 attach a photograph to an application
願書に写真を貼付する

派生語 attachment
付属品、添付ファイル、愛着

blow
[blóʊ]
自動詞 **他動詞** (風が) 吹く、息をはく／を吹き飛ばす、(楽器など) を吹く
用例 blow a whistle：笛を吹く
例文 A strong wind was blowing.
強い風が吹いていた

match
[mˈætʃ]
名詞 **自動詞** **他動詞** マッチ、試合／(と) 調和・一致する
用例 match one's actions to one's beliefs
行動を信念に一致させる

available
[əvéɪləbl]
形容詞 利用できる、入手できる
用例 become widely available
手軽に入手できるようになる

upset
[ˌʌpsét]
他動詞 **形容詞** 動揺した／を動揺させる
用例 I don't mean to upset you, but
君を動揺させるつもりはないんだけど

district
[dístrɪkt]
名詞 (行政的に区分された) 地区
類義語 area：(漠然と) 地域
類義語 region：(かなり広い) 地域
類義語 zone：(区別された何らかの) 区域、地帯

> P139でも出てきた単語の復習です！全部憶えていますか？

average
[ˈæv(ə)rɪdʒ]
名詞 **形容詞** 平均の／平均 (値)
例文 He appears to be an average student at first sight.
彼はぱっと見、平均的な生徒に思える

climate
[kláɪmət]
名詞 気候
類義語 weather：(一日の) 天気

stick
[stík]
名詞 **自動詞** **他動詞**

くっつく／をくっつける、を押し入れる／棒、小枝、スティック

例文 Chewing gum stuck to the bottom of my shoe.
ガムが靴の底にくっついた

派生語 sticker：ステッカー　sticky：ねばねば・べとべとした

rent
[rént]
名詞 **他動詞**

を借りる、を賃貸する／家賃

例文 It's very expensive to rent an apartment in NY.
ニューヨークでアパートを借りると非常に金がかかる

用例 For Rent：賃貸の、「貸間あり」

reflect
[rɪflékt]
自動詞 **他動詞**

を反射・反映する／じっくり考える

例文 The language of a people reflects its characteristics.
言語はその国の国民性というものを反映している

用例 reflect on my virtues and vices
自分の長所と短所をよく考えてみる

economic
[èkənάmɪk]
形容詞

経済の

派生語 economics：経済学
派生語 economy：経済

confirm
[kənfˈəːm]
他動詞

を実証する、を真実だと認める

例文 These evidences confirm that he is an underwear thief.
これらの証拠が、彼が下着泥棒だということを確証している

"If she **confirms** her power, the world's warfare will change dramatically."

こいつがその威力を実証すれば…世界の戦争は一気に変わる

self
[sélf]
名詞

自己、自我

用例 self-conscious：自意識過剰な
用例 self-control：自制心

名詞 ー ー ー ー 借金

debt
[dét]

用例 be in debt to 人：人に借金をしている

名詞 ー ー ー ー 下部、底

bottom
[bátəm]

例文 Hold the bottom of the ladder.
はしごの下を押さえてくれ

用例 at the bottom of：〜の底に

名詞 ー ー ー ー マスメディア、マスコミ

media
[míːdiə]

"media" は "medium" の複数形なんですねぇ "data > datum" とあわせて覚えておきましょう！

名詞 ー ー 形容詞 ー 中くらいの／メディア、媒体

medium
[míːdiəm]

例文 She appears on each and every medium.
彼女はありとあらゆるメディアに出没する

名詞 ー 他動詞 ー ー 調査／を調査する

survey
名詞：[sˈɚːveɪ]
動詞：[sɚvéɪ]

用例 conduct a survey
調査を行う

律さんに頼んだ下調べも終わったようです

"It seems like Ritsu has finished the **survey** I asked for."

名詞 ー 他動詞 ー ー （許可など）を与える、を認める／補助金、奨学金

grant
[grǽnt]

用例 grant him permission：彼に許可を与える

用例 apply for a grant：助成・奨学金を申請する

例文 I took it for granted that everyone would want dessert.
誰もがデザートを欲しがるものだと思っていた

·228·

advantage
[ədvǽntɪdʒ]

名詞 ■ □ □ □ □   有利さ、長所

例文 That he doesn't scare people is his advantage.
怖くないというのは、彼の強みである

commit
[kəmít]

□ □ 他動詞 □ □   を犯す、をまかせる

用例 commit murder/suicide
殺人を犯す、自殺する

派生語 commitment：約束、献身
派生語 committee：委員会

session
[séʃən]

名詞 ■ □ □ □ □   会議、集まり

例文 The Diet is in/out of session.
国会は開会／閉会中です

各国の国会の言い方を覚えていますか？ P218を確認してみましょう

compete
[kəmpíːt]

□ 自動詞 □ □ □   競争する

用例 compete for a prize/in a race
賞を競う／レースで競う

用例 compete against [with]
～と争う

"against"を使うと対抗意識が強くでますよ

affect
[əfékt]

□ □ 他動詞 □ □   に影響を及ぼす

例文 His tentacles are strongly affected by his mental state.
彼の触手は精神状態におおいに左右される

category
[kǽtəgɔ̀ːri]

名詞 ■ □ □ □ □   カテゴリー、範疇

派生語 categorize：を分類する

due
[d(j)úː]

□ □ □ 形容詞 □   （の）予定で

例文 The book is due to be put on sale in August.
この本は8月に出る予定だ

separate
他動詞 形容詞
別の、分かれた／を隔てる・分ける

例文 We were separated into three groups.
ぼくらは3つのグループに分かれた

動詞: [sépərèit]
形容詞: [sép(ə)rət]

派生語 separately：別々に

meal
名詞
食事

例文 From time to time, our teacher is forced to have tissues as his meal.
せんせーはしばしばティッシュを食事にせざるをえない

[míːl]

hate
他動詞
をひどく嫌う、を憎む

例文 He hates boarding/to board ships.
船に乗るのが大嫌い

[héit]

反意語 love

attitude
名詞
態度、考え方

用例 a positive/negative attitude toward work
仕事への積極的／消極的な態度

[ǽtɪt(j)ùːd]

physical
形容詞
身体の、物質の

用例 a physical characteristic：身体的特徴
用例 physical evidence：物的証拠

[fízɪk(ə)l]

反意語 mental：精神の

この "evidence" は不可算名詞ですね

gap
名詞
割れ目、隔たり

用例 the gap between the rich and the poor
貧富の差

[gǽp]

constitution
名詞
構成、体質、憲法

用例 the constitution of the European Union：EU憲法
用例 have a strong/weak constitution
じょうぶな／虚弱な体質

[kànstət(j)úːʃən]

派生語 constitute：を構成する、を設立する

victim
[víktım]
名詞 ーーーー 犠牲者、被害者
用例 a murder/cancer victim
殺人の犠牲者 / 癌患者

invest
[ɪnvést]
ー 自動詞 他動詞 ー ー （を）投資する
用例 invest money in 〜
〜に投資する（＝put money into）
派生語 investment：投資
派生語 investor：投資家

dig
[díg]
ー 自動詞 他動詞 ー ー （を）掘る、に手を突っこむ
用例 dig into the bag for the wallet
鞄に手を突っこんで財布をさがす

"The other day, he **dug** a hole in the schoolyard and..."

この前なんか校庭に穴掘って

sight
[sáɪt]
名詞 ーーーー 視力・視野、眺め、観光地、見ること
例文 I recognized him on sight.
一目見て彼だとわかった
用例 within/out of sight：視界の中に / 外に

structure
[strʌ́ktʃɚ]
名詞 ーーーー 構造、構成、建造物
派生語 structural：構造上の、構造的な

military
[mílətèri]
ーーー 形容詞 ー 軍の
用例 a military force：軍事力
例文 The new teacher from the military was a savage man.
軍隊から来た新しい先生は凶暴な男だった

3-E 特別授業
倉橋さんの教える動物の名前

いきものがかり: zookeeper

学校や南の島で出会った、たくさんのいきもの、その英語名を紹介するよ。これからも出会えると良いな。

倉橋陽菜乃 DATA
生き物に関してとても詳しい天真爛漫な少女。3-E男子の「クラスで気になる女子ランキング」では第3位。

ぶっ刺す
stab

暗殺教室と言えばこの生物だよね!

タコ
octopus

他の水中の生き物を紹介!

魚
fish

イルカ
dolphin

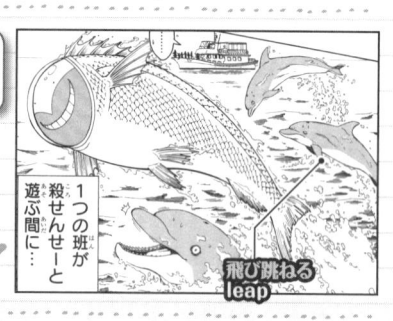

1つの班が殺せんせーと遊ぶ間に…

飛び跳ねる
leap

爬虫類と両生類と言えばこの生き物だよね!

うねうね進む
snake

ヘビ
snake
snakeには動詞の意味もあるぞ!

ゲロゲロ鳴く
croak

カエル
frog

· 232 ·

殺たん

本編で登場した虫たちだよ！

オオクワガタ dorcus hopei binodulosus

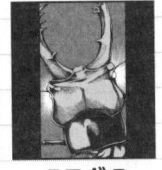

クワガタ stag beetle

カブトムシ beetle

カナブン scarab

蝶 butterfly

アゲハ蝶 swallowtail

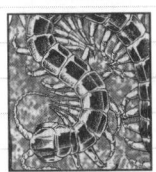

ゴキブリ cockroach

ムカデ centipede

学校の裏山で見かけたことがあるかも…

オウム返しにする parrot
オウム parrot
parrotにも動詞の意味がある！

クークーと鳴く coo
ハト pigeon

カワウソ otter
水かき web

世界には動物がまだまだたくさんいるよ！

ハリネズミ	hedgehog
イリオモテヤマネコ	Iriomote wild cat
ホウネンエビ	fairy shrimp
フクロウ	owl
クジャク	peacock

ダイオウイカ	giant squid
クリオネ	sea angel
ダイオウグソクムシ	giant isopod
リュウグウノツカイ	king of herrings
タツノオトシゴ	seahorse

3-E 特別授業

烏間先生の暗殺英単語

超鈍感:
super insensitive

奴の本の最後の授業か。俺が君達に教えられることはこれしかない。暗殺に関する英単語だ。

烏間惟臣 DATA
防衛省に所属する戦闘のプロ。暗殺術を教える体育教師としても活躍し、生徒からは厚い信頼を得ている。

隠密潜入 [covert infiltration]

素早く静かに…
swift and silent…

ザッ

基本中の基本。敵に見つからずに終わらせるのがプロの仕事だ。

拘束 [restraint]

がんじがらめ!!
tied up!

敵から情報を聞き出す時には、拘束した上で尋問するのだ。

証拠隠滅 [concealing of evidence]

よっしゃー
YEAH

気絶させる!!
knock unconscious!!

任務の途中で敵に見つかったら、素早く倒して争いの痕跡を消せ。

狙撃 [sniping]

冷静沈着に…
cool and collected…

とどめのぜ…

目標が予想していない地点から狙撃することで、成功率は上昇する。

トドメの一撃!!
the finishing strike!!

格闘術 [combat techniques]

力技は最後の手段だが、時には近接格闘が必要になることもある。

躱して捌く
dodge and handle

毒殺 [poisoning]

王水ですねぇ

どれも先生の表情を変える程度です

はい

王水
aqua regia

ばれずに飲ませる方法が難しい。お願いしたところで普通は飲んでくれないしな。ま、奴なら飲むが……。

CHAPTER 8
第8章　上級3
advanced 3

さぁ最後の仕上げだね
We're nearly at the finish.

普段通り殺れば大丈夫
Just be yourself and you'll be fine.

8. 締めくくりの月曜日
Monday, concluding the week

apply
[əpláɪ]
自動詞 / 他動詞

申しこむ、当てはまる／を応用する

- 用例 apply for a job：仕事に申しこむ
- 例文 The laws apply equally to all.
  法は万人に平等に適用される

firm
[fˈɚːm]
名詞 / 形容詞

堅い、確固たる／企業

- 用例 a law/an advertising firm
  法律事務所 / 広告代理店
- 類義語 hard, solid （⇔ soft）

negative
[négəṭɪv]
形容詞

悪い、否定的な、消極的な

- 反意語 positive：肯定的な、前向きな

こちらは未だに訓練に対して積極性を欠く

They are still **negative** about training.

site
[sáɪt]
名詞

敷地、（ネットの）サイト

- 用例 a location site：ロケ地

display
[dɪspléɪ]
名詞 / 他動詞

展示、陳列／を展示する、をはっきりと示す

- 例文 He displays little emotion in front of us.
  ぼくらの前で彼はめったに感情を表に出さない

reservation
[rèzɚvéɪʃən]
名詞

予約

- 用例 make a reservation：予約する
- 派生語 reserve：予約する、蓄え

except
[ɪksépt]
接続詞 前置詞 〜を除いて

例文 Everybody knew it except me.
ぼく以外の全員がそれを知っていた

"but" にも『〜を除いて』という前置詞的な用法があります

admit
[ədmít]
自動詞 他動詞 (を)認める、許可する

類義語 allow, permit
派生語 admission：入場（料）、入学許可

mass
[mˈæs]
名詞 形容詞 塊、群れ、多量/大量の

用例 a mass of evidence against him
彼に不利な多くの証拠
用例 the masses：一般大衆

distribute
[dɪstríbjʊt]
他動詞 を分配する

例文 Ten billion yen will be distributed among us.
100億円がぼくらに分配されるはずだ

派生語 distribution：配給

grass
[grˈæs]
名詞 草、芝生

insurance
[ɪnʃˈʊ(ə)rəns]
名詞 保険

用例 insurance against fire/theft
火災 / 盗難保険
用例 cancer/car insurance
癌 / 自動車保険

solid
[sάlɪd]
形容詞 個体の、確固たる

反意語 liquid：液体の　gaseous：気体の

hall
[hɔ́ːl]
名詞 廊下、広間
- **用例** walk down the hall：廊下を歩いていく
- **類義語** corridor

"down" はこのように「向こうへ」くらいの気持ちで水平方向の位置関係についても使います

level
[lév(ə)l]
名詞／形容詞 水準、高さ、階／平らな
- **用例** at a high level：高い水準に
- **類義語** flat：平らな　grade：等級

surface
[sə́ːfəs]
名詞 表面、外見

union
[júːnjən]
名詞 組合、結合
- **例文** Union is strength.　団結は力なり
- **用例** in union：共同で、いっせいに

reputation
[rèpjʊtéɪʃən]
名詞 評判、名声
- **用例** establish/ruin one's reputation
評判を得る / 台無しにする

spread
[spréd]
自動詞／他動詞 広まる、広がる／を広める、を広げる
- **例文** Panic spread through the class.
パニックが教室中に広まった

domestic
[dəméstɪk]
形容詞 国内の、家庭の、家畜の
- **用例** domestic violence：家庭内暴力

range
[réɪndʒ]

名詞 **自動詞** ー ー ー　範囲／範囲におよぶ

用例 a wide/narrow range of
広い／限られた範囲の〜

例文 Prices range from ¥3,000 up to ¥5,000.
値段は3000円から5000円まであります

complex
名詞：[kámpleks]
形容詞：[kəmpléks]

名詞 ー ー **形容詞** ー　複雑な／複合施設

派生語 complexity：複雑さ

類義語 complicated：複雑な ⇔ simple

sort
[sɔ́ːt]

名詞 ー **他動詞** ー ー　種類、タイプ／を分類する、を整理する

例文 Our teacher is a sort of a comical character.
せんせーはギャグキャラって感じだ

strategy
[strǽtədʒi]

名詞 ー ー ー ー　戦略

用例 work out a strategy for assassinating our teacher
せんせーを暗殺する戦略を練る

派生語 strategic：戦略的な

Behind the game...
The two teachers were having a clash of **strategies**.

recall
[rɪkɔ́ːl]

ー ー **他動詞** ー ー　を思い出す

例文 Can you recall what the teacher said?
せんせーの言ったことを思い出せるか？

object
名詞：[ábdʒɪkt]
動詞：[əbdʒékt]

名詞 **自動詞** **他動詞** ー ー　物、目的、目的語／（と言って）反対する

例文 I object to the war.
私はこの戦争に反対する

反意語 agree：同意する

resource
[ríːsɔəs]
名詞　資源
用例 natural/human resources
天然 / 人的資源
派生語 resourceful：機転がきく

thought
[θɔ́ːθ]
名詞　考え
派生語 thoughtful：思慮深い、親切な

moral
[mɔ́ːrəl]
名詞 / 形容詞　道徳の、道徳的な／道徳、モラル
用例 a moral issue：道徳的問題
例文 Our teacher has no morals.
せんせーにはモラルがない

analysis
[ənǽləsis]
名詞　分析
派生語 analyze：を分析する
反意語 synthesis：統合・総合
用例 make an analysis of his weak point
彼の弱点を分析する

witness
[wítnəs]
名詞 / 他動詞　目撃者、証人／を目撃する
用例 the only witness of the murder
殺人事件の唯一の目撃者
例文 The 20th century witnessed significant change.
20世紀には重大な変化がみられた

notion
[nóʊʃən]
名詞　考え、概念
用例 the notion of = the notion that
～という考え

> この "that" や "of" は同格と呼ばれる用法で、「～という」と訳します

civilization
[sìvəlizéiʃən]
名詞　文明
類義語 culture：文化
派生語 civil：市民の、民事の
civil rights：市民権

tone
[tóʊn]
名詞 ― ― ― ― 口調、調子、音色
用例 a seductive tone of voice
男を誘う声色

circumstance
[sˈɚːkəmstˌæns]
名詞 ― ― ― ― 状況、事情、事態
用例 under normal circumstances
通常では

"I'll decide whether or not I can trust you only after I see the students recover. I want to question you about the **circumstances** as well, so I'll have to put you under control for a while."
"...I guess we have no choice. We have another job to do next week, so let's finish this by then."

wage
[wéɪdʒ]
名詞 ― ― ― ― 賃金、給料
用例 earn a wage：賃金を稼ぐ
類義語 salary：（月給など固定の）給料
類義語 pay：（広く）給料

race
[réɪs]
名詞 **自動** ― ― ― 人種、一族、競争／競争する
用例 the race problem：人種問題
類義語 people：国民　tribe：部族、種族

distinguish
[dɪstíŋ(g)wɪʃ]
― ― **他動** ― ― を識別する、を区別する
用例 distinguish a professional from normal people
一般人から玄人(くろうと)を区別する

recover
[rɪkˈʌvɚ]
― **自動** **他動** ― ― 回復する、立ち直る／を取り戻す
用例 recover from an illness：病気が治る
用例 recover one's health：健康を取り戻す

base
[béɪs]
名詞 **他動詞**
土台、本拠、基地／の本拠地を置く
- 用例 be based in/at：〜を本拠地とする
- 用例 military base：軍用基地

whisper
[(h)wíspɚ]
名詞 **自動詞** **他動詞**
（と）ささやく／ささやき声
- 類義語 murmur：つぶやく
- 注意 "tweet" は「さえずる」という意味ですよ

conflict
[kánflɪkt]
名詞 **自動詞**
対立、紛争／対立する
- 用例 avoid conflict with others 他人との軋轢を避ける

section
[sékʃən]
名詞
部分、区域、欄
- 用例 a smoking section：喫煙コーナー

slight
[sláɪt]
形容詞
わずかな
- 例文 There's not the slightest doubt/chance.
疑い／可能性がまったくない
- 派生語 slightly：わずかに

advance
[ədvǽns]
名詞 **自動詞**
進む／進歩
- 例文 The finding of his weakness was a great advance.
彼の弱点を発見したのは大いなる進歩だ
- 用例 two days in advance：二日前に

stuff
[stʌ́f]
名詞 **他動詞**
もの、こと、材料／を詰めこむ
- 用例 sweet stuff：甘いもの
- 例文 He ordered that our teacher be stuffed into someone's underpants.
彼はせんせーを誰かのパンツに詰めこめと命じた

この "be" は既に前にも出てきた仮定法の現在です

extra
[ékstrə]

名詞 — — **形容詞** — 余分の／付属品、エキストラ

例文 I need some extra time to finish my homework.
宿題を終わらせるのにもう少し時間がほしい

crisis
[kráɪsɪs]

名詞 — — — — 危機

例文 The authority of class A is in crisis.
A組の権威は危機に瀕している

progress
[prágrəs]

名詞 **自動詞** — — — 進展、発展、前進／進展する

用例 make good progress：大いに進歩する

"Even on the school trip, there was no **progress** in his assassination. Is the situation under control, Mr. Karasuma?"

"progress"は不可算名詞なので"make a progress"としないように注意しましょう

修学旅行でも奴の暗殺に進展無しか 大丈夫なのかね Mr.カラスマ

spare
[spéɚ]

— — **他動詞** **形容詞** — 予備の／を割く、を容赦する

例文 I can't spare the time to kill him today.
今日は彼を殺すのに割ける時間がない

例文 Please spare my life.
命ばかりはお助け下さい

bill
[bíl]

名詞 — — — — 請求書、法案、紙幣

用例 approve a bill：法案を可決する
用例 a five-dollar bill：5ドル札

charge
[tʃáɚdʒ] 多義語

名詞 **自動詞** **他動詞** — — 料金、責任、容疑、非難／を請求する／突撃する

例文 That octopus is in charge of this class.
あのタコがこのクラスの責任者である

例文 This restaurant charges $8 for a glass of wine.
このレストランのワインは一杯8ドルだ

acquire
[əkwáɪɚ]

他動詞 を入手する

例文 Our teacher finally acquired a bra of a size H cup.
せんせーはやっとのことでHカップのブラジャーを入手した

aid
[éɪd]

名詞 他動詞 援助・救助／を援助する

用例 aid a person with money
金銭的に援助する

attract
[ətrǽkt]

他動詞 をひきつける、を得る

用例 attract interest
注目を集める (=get attention)

actually
[ǽktʃuəli]

副詞 実は、実際に

"The secret skill of befriending through conversation that is taught by professional assassins. If you can learn this, I assure it will be very useful when you **actually** meet foreigners."

welfare
[wélfèɚ]

名詞 健康、福祉、生活保護

用例 welfare provision/service
福祉供給／サービス

用例 on welfare：生活保護を受けて

contemporary
[kəntémpərèri]

形容詞 現代の

類義語 modern

例文 He's the most dangerous drummer in the contemporary music scene.
彼は現代の音楽シーンにおける最もヤバいドラマーだ

capital
[kǽpətl]

名詞

首都、資本（金）

用例 a large amount of capital
多額の資本

conduct
[kándʌkt]

名詞 **他動詞**

を行う／ふるまい

用例 conduct an interview
インタビューを行う

類義語 behavior：ふるまい

lift
[líft]

名詞 **自動詞** **他動詞**

を持ち上げる／上がる／エレベーター

例文 He lifted her off her feet.
彼は彼女を抱き上げた

recommend
[rèkəménd]

他動詞

を勧める

用例 recommend Faulkner's novels to students
生徒たちにフォークナーの小説を勧める

派生語 recommendation：勧告、推薦

"recommend" の語法は このように「V 物 to 人」となります

trial
[tráɪəl]

名詞

裁判、試験

用例 be on trial：裁判にかけられている

indicate
[índɪkèɪt]

他動詞

を（指し）示す、をほのめかす

例文 Squall indicates the coming of summer.
夕立は夏の訪れのしるしだ

appeal
[əpíːl]

名詞 **自動詞**

訴え、懇願、魅力／強く求める、上訴する、興味をそそる（前置詞 to）

用例 have a wide appeal：幅広く人気

strike
[stráɪk]
名詞 自動詞 他動詞 — — (に)当たる、を殴る、ストをする、(を)襲う／ストライキ

例文 The tentacle struck him in the face.
触手が彼の顔面を直撃した

例文 Most people were asleep when the typhoon struck.
台風に襲われた時、ほとんどの人は眠りについていた

obtain
[əbtéɪn]
— — 他動詞 — — を手に入れる

類義語 acquire, gain

determine
[dɪtə́ːmɪn]
— — 他動詞 — — を確定する、を決定する

派生語 determination：決意
determined：断固・決然とした

類義語 decide

precious
[préʃəs]
— — — 形容詞 — 貴重な

類義語 valuable
例文 What you can obtain from exams are highly precious.
テストから得られるものはとても貴重だ

tiny
[táɪni]
— — — 形容詞 — とても小さい

例文 Her tiny breasts may be in demand in the future.
彼女の貧乳もそのうち需要が出てくるかもしれない

source
[sɔ́ːs]
名詞 — — — — 源、原因

用例 source of trouble/information
トラブルの原因／情報源

"I'm starting to think that Mr. Karasuma is the **source** of the problem."
"Right, right?"
"He heartlessly ignored my jokes so many times too."
Now they have no strategies, and they've begun to blame Mr. Karasuma.

instance
名詞
[ínstəns]

例

用例 for instance：たとえば

branch
名詞
[brǽntʃ]

枝、支店、部門

用例 branch manager：支店長
参考 root：根　trunk：幹

democracy
名詞
[dimάkrəsi]

民主主義

派生語 democratic：民主的な、民主主義の

volume
名詞
[vάljəm]

音量、体積、一巻

用例 a large volume of：大量の〜
例文 This English dictionary was printed in 20 volumes in 1989.
この英語辞典は1989年に全20巻で出版された

mutual
形容詞
[mjúːtʃuəl]

相互の

用例 mutual understanding：相互理解

dear
名詞 形容詞
[díə]

親愛なる、拝啓／あなた

用例 a dear friend：大切な友
用例 my dear：きみ、あなた
用例 Oh dear!　おやおや！

dare
自動詞
[déə]

(dare to do で) 思い切って〜する

例文 Only he dared (to) point out his odd way of speaking.
彼だけが奴のおかしな喋り方を指摘する度胸があった

"dare" と "dear" を混同せぬように注意ですね！

participate
[pɑɑ-tísəpèɪt] 自動詞

加わる、参加する

用例 participate in profits：利益にあずかる
派生語 participant：参加者
派生語 participation：参加

fulfill
[fʊlfíl] 他動詞

を実現する、を果たす・満たす

用例 Our teacher gave me the opportunity to fulfill my dream.
せんせーは夢を叶えるチャンスをぼくに与えてくれた

appointment
[əpɔ́ɪntmənt] 名詞

約束、予約

類義語 promise：誓い

contrast
名詞：[kɑ́ntræst]
動詞：[kəntrǽst]
名詞 自動詞

対照（的なもの）／対照をなす

用例 a sharp contrast：著しい対照
用例 in contrast to [with]
～とは対照的に

名詞と動詞でアクセントが移動しますよ

afford
[əfɔ́ːd] 他動詞

を買うことができる、を許容できる

例文 I can't afford a car.
車を買う余裕はない

benefit
[bénəfɪt] 名詞

利益、ためになるもの

用例 for his benefit：彼のために
類義語 profit：（金銭的）利益

limit
[límɪt] 名詞 他動詞

限界・限度／を制限する

用例 limit the speech to 5 minutes.
スピーチを5分に制限する

名詞 ●●●●●　乗り物、車

vehicle
[víː(h)ɪkl]

用例 a motor vehicle：自動車
用例 a space vehicle：宇宙船

このように、乗り物であれば幅広く使える単語です！

名詞 ●●●●●　音、雑音、騒音

noise
[nˈɔɪz]

用例 make noise：音を立てる、騒ぐ
派生語 noisy：うるさい

"Even if we make **noise** here, no one will come."

名詞 ●●●●●　料金、報酬

fee
[fíː]

例文 I don't feel like paying my school fees.
学費を払う気分じゃねぇ

名詞 ●●形容詞●●　商業の／コマーシャル

commercial
[kəmˈɚːʃəl]

用例 a commercial school：商業学校
派生語 commerce：商業

名詞 ●●●●●　要素、元素、構成分子

element
[éləmənt]

用例 all the elements of：〜の全要素

名詞 ●他動詞●●　根、基礎／を根づかせる

root
[rúːt]

例文 The crime was rooted in his frustration.
その犯罪は彼の欲求不満に根ざしていた

huge
[hjúːdʒ] 形容詞

巨大な、膨大な、デカい

類義語 enormous：とてつもなく大きい
類義語 immense：計り知れないほど大きい

ぜひ類語辞典 (thesaurus) を引いてみましょう！

predict
[prɪdíkt] 他動詞

を予測・予報・予言する

用例 predict the weather：天気を予報する
類義語 forecast, foretell

occupy
[ákjʊpài] 他動詞

に住む、を占領する

用例 Occupied「使用中」(トイレなどで)

immediate
[ɪmíːdiət] 形容詞

即座の、差し迫った

用例 immediate payment/future
即金 / 近い将来
派生語 immediately：直ちに (= at once)

pray
[préɪ] 自動詞 他動詞

祈る／と祈る

用例 pray for peace：平和を祈る
派生語 prayer：祈り

"prayer" は「祈る人」ではないんですねぇ

pack
[pˈæk] 名詞 自動詞 他動詞

に荷物を詰める／荷造りする／
箱、群れ、(数個入り) パック

用例 pack a suitcase with ～
スーツケースに～を詰める
用例 a pack of wolves：オオカミの群れ

glance
[glˈæns] 名詞 自動詞

ちらっと見る (こと)

例文 She glanced at the teacher.
せんせーをちらっと見た
類義語 have a quick look at

bit
[bít]
名詞 **副詞** 小片、少量、少し
- 例文 I'm a little bit tired.：少し疲れている
- 用例 a bit of cake：ほんの少しのケーキ

engage
[ingéidʒ]
他動詞 を従事させる、を雇う
- 用例 be engaged in writing：著述に従事する
- 派生語 engagement：婚約
- 派生語 engaged：婚約中の
- 類義語 hire：を雇う（米）、involve：を従事させる

term
[t'ə:m]
名詞 用語、期間・学期、点、条件、間柄
- 用例 in terms of：～の点で、～に関して
- 用例 be on good/bad terms with：～と仲が良い / 悪い
- 用例 in general/technical terms
  平易な言葉で / 専門用語で

多義語

"We'll keep it up and definitely kill him during the second **term**. Irina, I'm counting on you too."

demonstrate
[démənstrèit]
他動詞 を明確に示す、を実演する
- 用例 The man demonstrated how to hold a rifle.
  その男はライフルの構え方を実演してくれた
- 派生語 demonstration：デモ、実演
- 類義語 show

settle
[sétl]
自動詞 **他動詞** 移り住む／を解決・決定する
- 例文 We settled to kill the huge octopus.
  ぼくらはそのデカいタコを殺すことに決めた
- 例文 My mother finally settled in Hokkaido.
  母は最終的に北海道に住みついた

garbage
[gάɚbidʒ]
名詞 ごみ
- 類義語 trash, rubbish：ごみ
- 類義語 litter：くず　waste：廃棄物

8. 締めくくりの月曜日

　６時間目の授業が終わり、終業の鐘が鳴っても3-Eの生徒達は誰も席を立とうとしない。
「ヌルフフフ、みなさんお待ちかねですね。それでは渚君と寺坂君、２人の英単語テストを採点しますか」
　殺せんせーはバインダーに挟んであった２枚の答案を取り出すと、マッハのスピードで採点を行う。
「ん？」
　採点が終わった瞬間、殺せんせーが変な声を出した。
「どったの先生？」
「念のためもう一度確認しますね……」
　シュバッ。
　触手が紙の上を踊った音だ。
「……渚君、寺坂君、答案を返します。こちらへ」
　呼ばれた渚と寺坂は、教壇の両側に立った。
「これが今回の君たちの成果です」
　同時に２つの答案をそれぞれに返した。
「よっしゃあああ！」
「寺坂君も!?」
「マジかよ！」
　にわかに教室がざわついた。

「2人とも満点かよ！」
「じゃあ、一刺しできるの……？」
「ナイフで思いっきり刺すなんて、初めてじゃん。すげぇ！」
　渚と寺坂の周りに3-Eの生徒達が集まってくる。生徒達の勢いが増すごとに、先生の顔が青くなっていった。
「まさか寺坂君が満点取るとは……」
　震える触手でバインダーを懐にしまった。
「満点取って悪かったな、このヤロー。さ、約束だ。一刺し券をさっそく使わせてもらうぜ」
　寺坂はニタリと笑って対殺せんせーナイフを握った。
「ま、待ってください！　心の準備がまだできていなくて……」
「んなもん、いるかよっ。さあ、約束だ。じっとしててもらおうか」
　寺坂は殺せんせーを教室の角に追い詰める。
「殺せんせー、約束破るつもり？」
「それはないよなあ。バカの寺坂が英単語テストで満点取るなんて、よっぽど勉強したんだぜ」
「吉田、テメェ一言余計だっつーの」
　渚も寺坂に並んで殺せんせーの前に立ちふさがった。
「殺せんせー、逃げるのは無しだよ。逃げたら、みんな先生のこと信じなくなるよ」
　うんうん、と周りを囲む3-Eの生徒たちがうなずいている。殺せんせーは冷や汗をぬぐった。

「……わかりました。これも約束です。寺坂君の一突き、しっかり受け止めましょう」
　わあっ、と生徒達が歓声を上げた。寺坂はその声を背景に、強気に出る。
「さ、黒板の前に立つんだよ」
　体の前で触手を合わせ、殺せんせーは祈りのポーズを取った。
「どうか大したことありませんように……」
「あっ、液状化！」
　奥田が殺せんせーの変化に気づいて叫んだ。
「殺せんせー、液状化なんてずるいよ！　刺したかどうかわかんないじゃん」
「そうだそうだー！」
　生徒達から激しいブーイングを浴びて、殺せんせーは仕方なく液状化をあきらめて元の形に戻った。
「さ、触手は黒板に広げろ」
「ヤバイですって、この体勢……」
「いいかげん観念しておとなしくしろっつーの」
「サクッで終わらせてくださいね。ザクッゥギギギギッ、みたいのはなしですよ」
　あぁ？と寺坂は睨んだが、
「さすがにそれは一刺しと違うから、勘弁してあげようよ」
　と渚に諭され、渋々うなずいた。

「寺坂、逃げないうちにさっさと刺しちゃえ」
「急所を、グサッとやっちゃえよ」
「そうだそうだ」
「イトナから教わったあれ、やっちゃえ！」
「そうだ、心臓いけ！」
「しーんぞう、しーんぞう！」
　とうとう心臓コールが始まった。
「うるせぇよ、お前ら！　言われなくてもわかってんだよっ」
　寺坂がグッとナイフを握り直して、殺せんせーのネクタイに狙いをつけた。
「だからバカとか単純とか言われるんだよ、寺坂は」
　カルマはいつもみたいにからかうような調子だ。
「あぁ？　なんだと？」
「英単語テストで満点取っただけで殺せるって、本気で思ってるの？」
　その一言に、教室がシンとなった。
「殺せんせーが急所をガラ空きにして待ってるわけないじゃん。さっきまで持ってたバインダー、どこにいったか見てた？」
　カルマの質問に誰もが黙っている。
「満点ってわかってすぐ、殺せんせー、バインダーをさりげなく胸に隠したよ」
「汚ねーぞ、このタコ！」

「わかりましたよ。バインダーを出しましょう」
　殺せんせーが素直に胸からバインダーを取り出した。3-Eの生徒達はその素直さが逆に気になった。
「殺せんせー、ほかに何か隠してない？」
　片岡(かたおか)が尋ねると、
「他ですか？　そうですねぇ……」
　と、触手をシャツの中に入れてまさぐる。
「これはどうですか？」
　触手の先に持っているのは、最新のグラビアだ。
「他にもあるんじゃないの!?」
　周りで生徒達が騒ぐと、殺せんせーはフライパンと下敷きを胸から出した。
「こいつ……」
　寺坂は嫌気が差してナイフを握る腕を下ろした。
「落ち着けって。これで急所の位置ははっきりしたんだぜ」
　おお、とカルマの言葉にうなずく3-Eの生徒達。
「それに、一刺しできるなんてチャンスなんだからさ、好きなとこ刺しなよ。ここ刺したらどうなるんだろ、って気になるところをさ。たぶん一刺しじゃ殺せないけどさ、スカッとするよ」
「だな」
　カルマに励まされて、寺坂はナイフを高く構えた。殺せんせーは、寺坂がどこを狙っているか気づいて、

慌てた。
「ちょ、ちょっと、顔はやめてくださいっ。この完璧な球体美を台無しにしないで……」
「るせっ、なにが美だよ。マル描いてちょん顔(がお)のくせに、逃げんじゃねえ」
「キャーッ、人殺しっ！」
　この期に及んで悪あがきと悪ふざけを続けている殺せんせーに、寺坂はイラッとした。
「うりゃあっ」
　殺せんせーの顔の真ん中にナイフが突き立った。ナイフの周辺が溶け、きれいに穴が空く。
「おわっ」
　寺坂は反射的にナイフを引き抜く。顔の真ん中に穴が空いた殺せんせーがボーっと立っている。
「キモッ」
「うわー」
「グロいって」
　散々な言われように、一刺しされても平気そうな様子だった殺せんせーがショックを受けた。
「だからやめてくださいと言ったのに……」
　シクシク泣いている。
「泣くことないよ。殺せんせーのおかげで寺坂君の英語力が上がったんだから」
「殺せんせーの顔、ドーナッツみたいで、意外にかわい

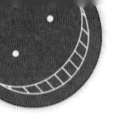

いよ」
　倉橋と茅野に慰められて、殺せんせーは涙を拭いた。
「そ、そうですね。体を張って君達の勉学向上に努める、これぞ教師の鑑、死角なしの完全無欠な先生です」
「思い切り顔欠けてるけどね」
　ガーン、と殺せんせーはまた落ちこんだ。

　そんな様子をみんなと一緒に笑っていた渚だが、ふと冷静になって今回のことを振り返った。

　——結局……殺せんせーを暗殺するにはほど遠い結果になった。
　一週間かけて僕と寺坂君が手に入れたのは賞金ではなく、基礎をガッチリ固める英単語の知識だけ。
　殺しに行った暗殺者は、標的に手入れされて磨かれる……それが僕らの暗殺教室。
　始業のベルは、明日も鳴る——

THE END

おしまい♥

暗殺教室　殺たん

●本書は書き下ろしです。

2014年 8月 9日　第1刷発行
2015年 5月31日　第8刷発行

原作	松井優征
小説	久麻當郎
英語監修	阿部幸大（東京大学 大学院）
ネイティブチェック	トーマス・洸太・レイシー
装丁	久持正士／土橋聖子（ハイヴ）
編集	ウェッジホールディングス
デザイン	ウェッジホールディングス
発行者	鈴木晴彦
発行所	株式会社 集英社 〒101-8050 東京都千代田区一ツ橋2-5-10 編集部　03(3230)6297 読者係　03(3230)6080 販売部　03(3230)6393(書店専用)
印刷所	凸版印刷株式会社

Printed in Japan
ISBN978-4-08-703327-4 C0093

検印廃止

©2014 Y.MATSUI / A.KUMA / K.ABE

本書の一部あるいは全部を無断で複写複製することは、法律で認められた場合を除き、著作権の侵害となります。また、業者など、読者本人以外による本書のデジタル化は、いかなる場合でも一切認められませんのでご注意下さい。

造本には十分注意しておりますが、乱丁・落丁(本のページ順序の間違いや抜け落ち)の場合はお取り替え致します。購入された書店名を明記して小社読者係宛にお送り下さい。送料は小社負担でお取り替え致します。但し、古書店で購入したものについてはお取り替え出来ません。

●参考文献
『ジーニアス英和大辞典』大修館書店 2001年。
『新編　英和活用大辞典』研究社 1995年。
『新和英大辞典　第5版』研究社 2003年。
『ランダムハウス英和大辞典　第2版』小学館 1993年。
『リーダーズ英和辞典　第2版』研究社 1999年。
『リーダーズ・プラス』研究社 2000年。
『ロングマン現代英英辞典　[5訂版]』桐原書店 2008年。
『ロングマン英和辞典』桐原書店 2007年。
The American Heritage Dictionary of the English Language: 5th. ed. Dell, 2012.
Webster's Third New International Dictionary. Merriam Webster, 2002.
（編者など省略）

カバーの折り返しに本でつかわれた単語が隠れているよ!!さがしてみよう!!